DÖRLEMANN

Dawit Kldiaschwili

Samanischwilis Stiefmutter

Roman

Aus dem Georgischen übersetzt und
mit einem Nachwort versehen
von Rachel Gratzfeld

DÖRLEMANN

Die Übersetzung folgt der Ausgabe Dawit Kldiaschwili.
Samanischwilis dedinazwali. Kartuli prosis sagandsuri. Bd. 10,
Palitra, Tbilissi 2010.
Die Arbeit der Übersetzerin an diesem Werk wurde
vom Deutschen Übersetzerfonds gefördert.
Die Übersetzung wurde vom Georgian National Book
Center unterstützt.

GEORGIAN
NATIONAL
BOOK
CENTER

Dieses Buch ist auch als Dörlemann eBook erhältlich.
ISBN 978-3-03820-960-7

Umschlag: Mike Bierwolf unter Verwendung eines Gemäldes
von Niko Pirosmani
Satz: Dörlemann Satz, Lemförde
Druck und Bindung: CPI books GmbH, Leck
ISBN 978-3-03820-060-4
www.doerlemann.com

Dawit Kldiaschwili

I

Bekina Samanischwili war, wen wundert's!, ein mittelloser Landadeliger, ein ziemlich mittelloser sogar. Denn was für Reichtümer verhießen schon die dreißig Fuder Mais, die vierzig Tschapi Wein und die kaum zwei Zentner Bohnen, die sein Boden hergab und mit denen seine Familie jahrein, jahraus auskommen musste? Doch Bekina gab sich, als wäre er reich, und keiner hätte ihm je ein Wort über seine Armut entlockt. Unser Bekina war, wie die Imeretier sagen, reichlich dünkelhaft.

Wenn er im Kreis der Familie die Rede auf seinen unerschöpflichen Boden, auf das sichere täglich Brot brachte, widersprach sein einziger Sohn Platon, selbst Familienvater, ihm nicht, obwohl er die Ausdrucksweise seines betagten Vaters aufschneiderisch fand; er schlug das Kreuz und sagte nur:

»Danke Dir, Allmächtiger! Danke!«

Mit diesem Ausruf sprach Platon dem himmlischen Vater seinen eigenen, tiefempfundenen Dank aus, dass niemand ihm das karge täglich Brot streitig machte. Froh über das bisschen und glücklich mit dem Wenigen, das er sein Eigen nannte, bearbeitete er mit Hacke und Spaten fleißig sein Fleckchen Erde, und in seiner Familie herrschte vollkommene Zufriedenheit.

Wenn sich diese Familie um irgendetwas zu sorgen hatte, dann waren es die häufigen Kindbetten von Platons Frau Melano. Denn die im Haushalt überaus tüchtige Melano ließ ihre Tüchtigkeit auch beim Kinderkriegen nicht beiseite und hatte kurz hintereinander bereits vier Kinder geboren. Bekina pflegte seiner Schwiegertochter gegenüber oft darüber zu witzeln und lächelnd zu ihr zu sagen:

»Hör mal, Tochter, in manchen Dingen schadet Tüchtigkeit eher, als sie nützt. Hab doch Erbarmen mit deinem Mann, meine Gute!« Und er brach dann immer in herzhaftes Gelächter aus. »Nun, mach dir nichts draus … Gräm dich nicht. Gott ist gnädig, Er lässt seine Geschöpfe nicht im Stich, gesegnet sei mir Seine Allmacht, alles geschieht nach Seinem Willen. Vielleicht will Er ja, dass sich die Samanischwilis vermehren, will nur Auserwählte auf dieser Welt haben! Hahaha!«

Natürlich hatte Platon nicht zu seinem Vergnügen so viele Kinder, aber was sollte er tun? Wenn sein Blick auf sie fiel, konnte er nur den Kopf schütteln. Von alldem abgesehen, schätzten sich die Samanischwilis sonst recht glücklich. Die Zeiten waren nämlich so, dass ihr spärliches Eigentum gar als Wohlstand galt; sie waren deshalb nicht bloß zufrieden, sondern sich ihres Glücks durchaus bewusst und von Dankbarkeit gegenüber dem Allmächtigen erfüllt.

Wer hätte ihnen eine Zufriedenheit und ein Glück, die auf so wenig gründeten, neiden können? Was hätte es Begehrenswertes gegeben an einem Seelenfrieden, erworben durch Genügsamkeit? Und andererseits, wer hat je gehört, dass Glück, welcher Art auch immer, irgendwem lebenslang treu war, es somit auch bei den Samanischwilis dauerhaft Fuß hätte fassen können? Leicht auszudenken, dass das mit so wenig herbeigelockte Glück aus nichtigstem Anlass den Händen entgleiten und die auf dürftigen Fundamenten ruhende Zufriedenheit in sich zusammenfallen würde!

Das Unglück begann, als das Schicksal dem Leben der armen Marika, Bekinas Frau, ein Ende setzte.

Für den Sohn war der Tod der Mutter bitter genug, doch machte ihm noch etwas ganz anderes Kummer: Bekina war ein sehr rüstiger Alter, und es stand zu befürchten, dass er den absonderlichen Wunsch hegen könnte, ein zweites Mal zu heiraten. Die Angst, sich einer Stiefmutter gegenüberzusehen, und vor den mit einer Stiefmutter verbundenen »Begleiterscheinungen« erschütterte den jungen Edelmann, der bisher friedlich vor sich hin gelebt hatte, aufs tiefste. Jawohl, *ob Glück, ob Leid, 's wird alles brüderlich geteilt*, hieße es dann buchstäblich.

Sohn wie Schwiegertochter begannen dem Alten doppelte Ehrerbietung und Fürsorge entgegenzubringen; beide kümmerten sich mit höchstem Eifer um den verwitweten Bekina und bedienten ihn mit Hingabe, lasen ihm jeden

Wunsch und jedes Begehr von den Augen ab, um sie, noch bevor er sie äußern konnte, sofort zu erfüllen. Kurz, sowohl Platon wie Melano trachteten Tag und Nacht danach, das Herz des Alten zu gewinnen und ihm so lieb wie möglich zu werden. Das gelang ihnen tatsächlich. Bekina schätzte die Aufmerksamkeit, die ihm Sohn und Schwiegertochter entgegenbrachten, sie rührte ihn, und er war ihnen dankbar; noch und noch sagte er in ihrer und anderer Gegenwart:

»Ach, könnte meine Marika nur die Fürsorge solch lieber Kinder noch erleben!« Und jedes Mal ließ er diesen Worten ein paar Seufzer folgen.

Dies gab dem Ehepaar die Hoffnung, dass Bekina nichts ferner lag, als ihnen Verdruss zu bereiten, und sie beruhigten sich schließlich ganz und gar. Aber neben der Liebe zu den Kindern barg Bekinas Herz trotz aller Zufriedenheit und Behaglichkeit doch noch eine ganz anders geartete Sehnsucht, die sich mit der Zeit verstärkte und immer hartnäckiger wurde: Das angenehme Leben, das ihm vergönnt war, würde sich noch viel angenehmer, süßer anfühlen, wenn er eine passende Gefährtin hätte – so dachte Bekina bei sich. Der Gedanke wurde bald zum Wunsch und schließlich zu einem dringenden Verlangen; könnte er es nur in die Tat umsetzen, dachte er, und er wäre der Glücklichste aller Glücklichen. Seiner Meinung nach gab es auch überhaupt keinen Grund, warum dieser Wunsch seinen ihm zugetanen Kindern hätte missfallen sollen.

»Liegt ihnen etwa nicht an meinem Wohlergehen?! Ganz sicher werden sie's mir nicht übelnehmen!«, redete sich Bekina ein. »Warum sollten sie? Bin ich ihnen etwa ein schlechter Vater gewesen? Habe ich ihnen nicht Haus und Hof überlassen? Ich kann mich doch nicht vollends für sie aufopfern, auch wenn ich sie, Gott sei mein Zeuge, sehr liebe? Nein, sie werden's mir nicht übelnehmen … Sie dürfen's mir nicht übelnehmen! Sie lieben mich doch!«

So überlegte Bekina und ließ dem Sohn seinen Heiratswunsch schließlich durch einen Mittelsmann überbringen.

Unschwer, sich vorzustellen, mit welcher Heftigkeit Platon die Mitteilung aufnahm.

»Willst du mich ruinieren, Vater? Willst du mich umbringen? Mir das Messer in die Kehle stoßen? Verschon mich um Gottes willen!« Er war sofort zu seinem Vater geeilt und brachte die Worte nur mit erstickter Stimme und händeringend hervor.

»Dich ruinieren?! Wieso, mein Sohn, wieso denn? Wie könnte ein Vater einen Sohn wie dich zugrunde richten!«

»Nun, was denn sonst –?« Wieder blieben Platon die Worte im Halse stecken.

»Schon gut, schon gut! Ich bitte dich!«, rief Bekina heiter aus. »Warum sollte dich das ruinieren, du liebe Zeit, ich will ja bloß eine Alte anschleppen. Was wird dich das zugrunde richten? Ich bitte dich!«

»Du wirst Kinder mit ihr haben –«

»Hahaha!« Bekinas Gelächter schnitt Platon das Wort ab. »›Du wirst Kinder mit ihr haben …‹ Hahaha! Kinder in meinem Alter! Du liebe Zeit! Hahaha!«

»Vater, hoch und heilig: Was du vorhast, bringt mich so gut wie um!«

»Jetzt aber! Wie störrisch du heut daherredest, Platon! Was schreckt dich eine alte Frau, du Dummkopf? Was machst du dir für Sorgen? Deine Angst ist völlig unbegründet, so wahr ich dein Vater bin und du mein Sohn bist. Ihr werdet keinen Schaden davon haben, nein, glaub mir, sondern Nutzen: Die arme Melano wird wenigstens ein bisschen Entlastung bekommen, von der Frau ist ja sonst bald nichts mehr übrig! Eine so große Familie am Hals zu haben ist zu viel für eine allein.«

»Was geht dich, Vater, Melanos Schufterei an, misch dich nicht –«

»Warum mich das was angeht?!«, unterbrach ihn Bekina. »Warum sollte mich das nichts angehen? Ist sie nicht auch meine Tochter?«

»Vater, erbarm dich unser lieber anderweitig und kümmere dich nicht um unsere Arbeit, mach dir deswegen keine Sorgen. Gott hat uns für die Arbeit geschaffen«, erwiderte Platon. »Aber bitte verzichte auf die Heirat, und du kannst von mir verlangen, was du willst!«

»Sei nicht so stur, mein Junge!«, gab Bekina zurück. »Der Mensch darf nicht immer nur an sich selbst denken.«

Diese letzten Worte kränkten Platon, und er erwiderte unwirsch:

»Vater, du bist ja wohl nicht mehr in dem Alter, wo man heiratet!«

Bekina richtete sich zu voller Größe auf und musterte seinen Sohn mit Habichtsaugen.

»Na so was!«, rief er aus. »Na so was, für wie hinfällig hältst du mich?! Was Gesundheit, Elan, Äußeres und männliche Haltung angeht, kann ich es mit zehn von euch jungen Leuten zusammen aufnehmen! Nein, Junge, das ist einfach nicht wahr, ganz und gar nicht wahr! Wo siehst du hier Verfall, hm?« Und Bekina zupfte an seinem langen graumelierten Bart herum und zwirbelte dann selbstgefällig den Schnurrbart auf. »Nein, nein, Junge!« Er rückte näher an seinen Sohn und legte ihm die Hand auf die Schulter. »Lass dieses Gerede jetzt. Gott möge meine Seele so lieb sein, wie ihr mir lieb seid, ich habe euch gegenüber weiß Gott nichts Böses im Sinn. Euch wird wegen mir nicht der kleinste Nachteil, geschweige denn irgendein Verdruss erwachsen, nicht einmal denken dürft ihr das! Aber sträubt euch nicht, Kinder! Gott weiß, und jeder sieht's, dass es euch an nichts fehlt: Ihr habt genügend Boden, wenn auch nicht mehr als andere. Wasser auch, Haus und Hof … Felder und Wälder!« (Letzteres entfuhr ihm einfach so, denn Wald besaß er überhaupt nicht.) »Was müsst ihr euch sorgen? Gott wird euch noch gnädiger sein, euch noch mehr leiten, wenn ihr euch auch um mich sorgt, für mich sorgt und es nicht darauf anlegt, mir meine letzten Tage zu vergällen. Was soll ich denn tun, mein Junge, auch ich bin ein Mann, auch ich bin ein Mensch! Wenn deine Mutter noch lebte, ach, Junge, es gäbe keinen Glücklicheren auf Erden. Aber was kann man machen? Der Allmächtige hat's so gewollt, also nun widersetzt euch nicht, streitet nicht mit mir! Niemand soll sagen können, ihr hättet dem alten Vater Kummer bereitet – wo ihr beide doch so patent seid. Verhaltet euch so, wie ihr seid: gute, liebende Kinder! Gott wird's euch vergelten, euch belohnen und jede Unbill von euch fernhalten. Denn Gott ist den Guten gnädig, mein Sohn. Stell dich nicht gegen mich! Ich verspreche dir, gebe dir mein Ehrenwort, ihr werdet keinen Schaden haben und nichts verlieren, wenn ich eine Frau fortgeschrittenen Alters nach Hause führe. Wir werden eine kurze Zeit süßen Zusammenlebens genießen, und dann möge Gott euch den Besitz, dieses Haus, diesen Hof, alles, was wir haben, zu Nutz und Frommen gereichen lassen.«

»Aber wenn du nun einen Sohn bekommst, Vater, einen Sohn … was dann?« Platon ließ nicht locker.

»Heut kann man mit dir nicht reden, Junge, du bist ja völlig aus dem Häuschen!«, erwiderte Bekina verärgert. »Wenn du nicht verstehen willst, ja, was soll ich dann mit dir? Mehr als dich überzeugen kann ich nicht, den Frieden möge Gott dir geben. Ein sturer Kerl ist schon nichts Angenehmes, aber wenn er noch dazu dein Sohn ist …!«

II

Platon war es nicht gelungen, Bekina umzustimmen, und er war sehr aufgebracht deswegen. Er schickte andere Leute zu seinem Vater, die ihn von dem Heiratswunsch abbringen sollten, aber Bekina fasste dies nur als eine weitere Verbohrtheit seines Sohnes auf und nahm nicht Abstand von seinem Vorhaben. Allen versicherte er voller Überzeugung, dass die Frau von ihm kein Kind empfinge, dass Gott es seinen lieben Kindern nicht nur an nichts fehlen lassen, sondern ihnen im Gegenteil sicherlich noch etwas hinzugeben würde. Platon lehnte diese Zugabe entschieden ab, stattdessen wollte er eisern festhalten, was sein eigen war. Aber Bekina wiederholte sein Ansinnen und blieb unbeirrt dabei.

Kurzum, Platon stand auf unwiderruflich verlorenem Posten. Was nun nottat, war eine kluge Taktik, die nicht nur helfen würde, Bekinas Herzenswunsch zu erfüllen, sondern auch Platons Hoffnung aufrechtzuerhalten, dass seine paar Landfetzen als Ganzes bei ihm verblieben und er die wenigen Bissen Brot, die ihn schon jetzt kaum satt machten, nicht würde teilen müssen.

»Ich bin geliefert, reinweg erledigt!«, rief er aus. »Reinweg erledigt, wenn ich nicht eine Lösung finde, mir irgendetwas ausdenke.«

Verzweiflung und Zorn befeuerten den jungen Mann, seine Gedanken drehten sich unermüdlich wie Mühlsteine, er zerbrach sich den Kopf nach einem Ausweg, der verhinderte, dass er seinen »Reichtum« »brüderlich« teilen und den an den jetzigen kargen Bissen gewöhnten Magen an einen noch kleineren Bissen gewöhnen musste.

»Denk doch du auch mal nach, Frau, überleg, vielleicht kommt dir etwas in den Sinn. Mein verfluchter Kopf funktioniert nicht mehr! Mir ist schwindlig von alldem«, sagte er bitter zu Melano.

»Was soll mir in den Sinn kommen, was kann ich dir schon raten?«, erwiderte diese verdrießlich.

»Was dir in den Sinn kommen soll? Aber klar, von dir ist wie gewöhnlich nichts zu erwarten!«, stieß Platon wütend hervor und versank dann wieder in seinen eigenen Gedanken.

Ein georgisches Sprichwort sagt: Für jede Not gibt es einen Ausweg. Platon Samanischwili war Georgier und Adeliger dazu.

Einige Tage später sprach er Bekina erneut an. Seine schlechte Stimmung schien er überwunden zu haben. »Vater, da du zu heiraten wünschst und nicht davon abrückst, magst du deinen Willen haben. Wer bin ich, dass ich etwas dagegen sagen könnte? Es ist nun mal dein Wille … Aber eine Bitte habe ich doch, und die wirst du mir hoffentlich nicht abschlagen. Sag nicht nein, Vater!«

»Worum geht's denn, mein Sohn? Du darfst auch mit mehr als einer Bitte zu mir kommen!«

»Betrau mich mit der Angelegenheit. Ich suche eine Frau für dich.«

Bekina starrte seinen Sohn verblüfft an.

»Bei Gott, verzichte auf den Kuppler und überlass es mir, eine passende Frau für dich zu finden. Ich versprech's dir hoch und heilig, ich finde dir eine!«

»Menschenskind, noch vor nicht so langer Zeit wolltest du mich um keinen Preis heiraten lassen, und jetzt bietest du dich sogar als Heiratsvermittler an?«, fragte Bekina lächelnd und musterte ihn dann argwöhnisch. »Wie erklärt sich das, Platon?«

»Was soll's da zu erklären geben?«

»Trotzdem, trotzdem … Tu mir die Liebe und erklär's mir!«, beharrte Bekina. Seine Neugier war geweckt.

»Was tut das zur Sache, Vater, wenn sich dein Herzenswunsch erfüllt!«

»Ja, aber trotzdem, mir zuliebe erklär's mir! Ich bitte dich, im Namen deiner Familie! Was hast du dir da ausgedacht?«

»Nichts, hoch und heilig, nichts, was dir einen Nachteil bringen könnte.«

»Gut!«

»Ich suche dir eine Frau, an der du nichts auszusetzen haben wirst und die für mich zugleich keine Gefahr darstellt.«

»Gut, gut«, spornte ihn Bekina frohgemut an. »Klingt gut!«

»Natürlich kannst du keine junge, jugendliche Frau erwarten.«

»Natürlich, mein Freund, aber ein zahnloses altes Weib taugt auch nichts«, sagte Bekina lachend.

»Wer spricht denn von einem zahnlosen alten Weib! Sagen wir, eine ältere Frau … Eine, die uns nicht zum Gespött werden lässt.«

»Gut, gut«, pflichtete Bekina bei.

»Eine Witwe …«

»Eine Witwe ist auch nicht schlecht!«

»Eine Witwe … eine zweifache Witwe!«

Hier hielt Platon inne und schaute zu seinem Vater hoch. Der starrte ihn überrascht an.

»Ja, eine zweifache Witwe«, wiederholte Platon mit Nachdruck. »Was soll schlecht daran sein? Nichts, hoch und heilig, überhaupt nichts!«

»Was heckst du da aus, Freundchen?« Bekina hielt Platons Blick fest. »Was heckst du aus, du Schelm?«

»Hoch und heilig, ich würde nie was aushecken oder dich anlügen. Du wirst nichts dabei verlieren, das schwör ich beim Andenken meiner Mutter! Im Gegenteil, du kannst nur gewinnen. Auf mich wird deswegen mehr Arbeit zukommen, aber du wirst es mir sogar noch einmal danken. Denn sag, Vater, würdest du dich freuen, wenn du dir wegen deiner Frau Kindergeschrei anhören müsstest?«

»Jetzt fängst du schon wieder damit an!«

»Wer weiß, Vater, wer weiß ... Ist ein Mensch, auf den Verlass ist, nicht besser?«

»Was hat eine zweifache Witwe mit Verlässlichkeit zu tun?«

»Einiges. Ich will's dir erklären. Du willst eine Frau. Ich jedoch will nicht erleben, dass ich mein Gut mit jemand teilen muss. Du sagst selbst, du brauchst keine junge Frau. Ich besorge dir eine achtbare Frau, eben eine, die uns nicht zum Gespött werden lässt, das verspreche ich dir hoch und heilig. Von zweifachen Witwen spreche ich deshalb, weil ich mich bei den Witwen umsehen und nach einer suchen werde, die zwei Ehemänner, aber mit keinem von beiden Kinder hatte. Eine, die bei zwei Ehemännern kinderlos geblieben ist. Auf eine solche Frau ist eben wegen ihrer Kinderlosigkeit Verlass. Wenn sie mit zwei Ehemännern keine Kinder hatte, warum sollte sie dann Himmel noch mal welche mit dir bekommen? In dieser Hinsicht könntest du also beruhigt und ich könnte sicher sein, dass wir so weiterleben werden wie zuvor. Wir führen unser Leben in der gewohnten Weise fort, und was nach uns sein wird, wissen Gott und unser Schicksal allein! Das ist meine Bitte. Du hast nichts zu verlieren, für mich hingegen wird es sein, als würde mir die Hälfte meines Guts ganz neu zufallen. Nur so kann ich sicher sein, dass ich es behalte, einen anderen Ausweg gibt es nicht, und eine andere Handhabe habe ich nicht. Deshalb bitte ich dich, betrau mich mit der Angelegenheit und vergiss den Kuppler. Natürlich ist es ein Aufwand für mich, aber der lässt sich nicht vermeiden. Ich werde kein untaugliches Weib heimbringen, da gebe ich dir mein Ehrenwort!«

Bekina ließ ihn ausreden und hörte ihm aufmerksam zu. Er amüsierte sich sogar über Platons Rede und wunderte sich, auf was für Ideen sein Sohn da gekommen war. Am Ende zeigte er sich tatsächlich einverstanden, obwohl er im Scherz anfügte:

»Wie du willst, mein lieber Platon, aber weißt du auch, dass du damit mein Leben verkürzt?«

»Wieso denn das, Vater?«

»Wenn die verflixte Witwe mich meinen Vorgängern hinterherschickt, was machst du dann? Eh? Hahaha! Eine unter einem so ungünstigen Stern stehende Frau ist nicht gerade vertrauenerweckend!«

»Einem Mann mit deinem Elan kann so eine nichts anhaben. Hoch und heilig!«

»Schon gut, mein Junge!« Bekina freute sich über Platons Zuspruch. »Es ist alles gut. Tu, was du für richtig hältst, aber schieb's nicht auf, sonst ...«

»Nein, Vater, ich mache mich gleich in den nächsten Tagen auf die Beine. Es gibt keinen Grund, es in die Länge zu ziehen. Was du heute kannst besorgen ...«

»Ja, natürlich, natürlich. Aber denk dran, Junge, bring mir keine heim, die nichts taugt. Sonst wird's peinlich für dich, Platon, denn dann verzichte ich auf die Frau und suche mir selbst eine! Das schwör ich, so wahr ich dein Vater bin!«, sagte Bekina und lächelte dabei.

»Wo denkst du hin, Vater!«, erwiderte Platon. »Warum nehme ich das alles auf mich? Hast du gar kein Vertrauen zu mir?«

»Na dann, los! Du weißt ja nun, ich bin einverstanden. Aber noch mal: Lass nicht auf dich warten! Mehr kannst du nicht von mir verlangen, Junge, alles geschieht nach deinem Wunsch. Wenigstens kannst du mir jetzt keine Vorhaltungen mehr machen!«

Vorhaltungen hätte Platon durchaus machen können, aber was hätte eine Wiederholung von bereits Gesagtem schon gebracht? Er konnte zufrieden sein, dass sein Vater seiner Bitte entgegenkam und er hoffen konnte, die Gefahr abzuwenden.

Nun galt es nur, das Vorhaben in die Tat umzusetzen; es galt, die rettende zweifache Witwe zu finden, eine kinderlose Frau, die jeweils mindestens zwei, drei Jahre mit den Ehemännern gelebt hatte und weder allzu alt noch hässlich war. Hauptsache, sie war ganz sicher kinderlos.

Weil die Angelegenheit nicht so einfach unter Dach und Fach zu bringen war, machte sich Platon am selben Tag ans Werk, da sein Vater ihm freie Hand gelassen hatte. Er griff nach dem sprichwörtlichen Strohhalm – so stand es um Platon.

Mann wie Frau begannen eifrig tätig zu werden. Tag und Nacht waren sie damit beschäftigt, alle ihre Bekannten durchzugehen, ob sich darunter nicht eine kinderlose Witwe befände, das Wunschwesen, das eine geeignete Stiefmutter abgeben könnte.

»Die Frau von Arkipo Kwaschadse selig – ist die nicht kinderlos? Sie hat später wieder geheiratet. War ungefähr fünf Jahre mit Arkipo zusammen. Ich frage mich, ob der zweite Mann noch am Leben ist. Kennst du die, Melano?«

»Natürlich kenne ich die, aber sie hatte doch ein Kind mit ihrem ersten Mann!«, erwiderte Melano.

»Woher denn, die hatte todsicher kein Kind! Natalia hatte doch nie ein Kind!«

»Doch, hatte sie, ganz sicher hatte sie ein Kind, du hast es bloß vergessen, klar hatte sie ein Kind … Sie konnte nur lange keins bekommen.«

»Ah, dann ist's das, was mir in Erinnerung geblieben ist.« Und Platon schwieg eine Weile und versuchte sich andere Möglichkeiten ins Gedächtnis zu rufen.

»Was ist mit Godschaspir Chasischwilis Frau? Von dem aus Sazire? Den kennst du doch. Genau, ich glaube mich zu erinnern, dass Chasischwili eine Witwe geheiratet hat. Damals ist die kinderlos gewesen.«

»Nein, Godschaspir Chasischwili hat keine Witwe geheiratet, mein Lieber. Stracks aus ihrem Elternhaus hat er sie heimgeführt, er war ihr erster Mann und ist danach gestorben. Sie hatten keine Kinder, aber sie ist leider ungeeignet«, lamentierte Melano, »sie hatte nur diesen einen Mann.«

So zermarterte sich das Ehepaar den Kopf, förderte aber nichts Passendes zutage.

»Ich schau mal bei meiner Schwester vorbei. Vielleicht kennt Dariko jemanden und hilft mir bei der Suche. Was meinst du, Melano?«, fragte Platon. Ihm war klar geworden, dass er allein nicht weiterkam.

»Das ist bei Gott eine gute Idee!«, erwiderte sie. »Eine sehr gute Idee! Du musst herumfragen, anders geht's nicht!«

»Morgen, gleich morgen mache ich mich auf den Weg.« Platon seufzte. »Vielleicht kann ich mir von irgendwem ein Pferd leihen, dann reite ich morgen los. Wenn ich's weiter hinausschiebe, verliert mein lieber Vater womöglich die Geduld und nimmt die Sache in die eigenen Hände. Ach, ach du liebes bisschen!«, rief er sorgenvoll aus und ging hinüber zum Nachbarn, um nach einem Pferd zu fragen.

III

Am anderen Tag in aller Frühe führte Platon ein klapperdürres Pferd mit wundgescheuertem Rücken auf seinen Hof, band es an der Hainbuche neben der Außenküche fest und begann es zu satteln.

»Wie kannst du dich nur auf dieses Pferd setzen!«, rief Melano.

Das Tier begann am ganzen Leib zu zittern, kaum hatte Platon ihm den Sattel aufgelegt.

»Soll ich etwa zu Fuß gehen?«

»Nein, aber dem armen Gaul wird doch noch die ganze Haut vom Rücken gerissen.«

»Keine Sorge, ich gehe nebenher, die meiste Zeit nebenher. Ich will nur mit ihm angeben, kein Pferd zu haben ist doch beschämend! Reich mir mal den Sattelgurt, und mach dir keine Sorgen! Verflixt!«, schrie er, als er den Gurt in der Hand hielt. »Hilf mir mal, da ist was mit der Schnalle nicht in Ordnung. Der Stachel fehlt. Hilf mir, schnell, Melano, sei so gut!«

Schließlich hatte er den Gurt befestigt, setzte sich die Kappe auf, drapierte den Baschlik um die Schultern, machte sein ausgemergeltes Ross los und zerrte das widerstrebende Tier zum Tor.

In dem Augenblick trat Bekina, nur mit einem Achaluchi bekleidet, auf die Veranda und rief seinem Sohn nach:

»Gehst du fort, Platon?«

»Ja, Vater, ich gehe, wie du siehst.«

»Na dann, auf auf! Gott behüte dich!«, gab ihm Bekina auf den Weg mit.

Platon durchquerte den Hof, schritt zum Tor hinaus und verschwand bald zwischen den Bäumen, die den Weg säumten.

»Von wem hat er denn dieses Rassepferd, Melano?«, fragte Bekina, als seine Schwiegertochter vom Hofeingang zurückkam.

»Von Pawlia Ghomiaschwili.«

»Hoffentlich bricht's ihm nicht zusammen unterwegs!«, sagte der Alte lachend.

»Er hat's nur mitgenommen, um damit anzugeben. Aus Scham- und Ehrgefühl, zu was anderem ist es sonst nichts nütze.«

»Was soll's! Was soll's! Platon ist ein findiger Kopf und geschickt, er wird keine Schwierigkeiten haben«, erwiderte Bekina, immer noch in sich hineinlachend, und blickte in die Richtung, wo Platon gerade verschwunden war.

Eine Zeitlang führte Platon sein knochiges Pferd bekümmert am Zügel, aber schließlich hatte er es satt, das Tier ständig hinter sich herzuziehen und auf es einzuschreien.

»Machst du das extra, du verdammtes Biest?« Er brachte es zum Stehen, schwang sich wütend in den Sattel, hieb mit einem Zweig auf das hungerbäuchige Pferd ein und zwang es in einen langsamen Trott. »Dir wenigstens werde ich zeigen, wer hier der Meister ist, wenn ich es sonst schon bei niemand vermag. Willst du mir weiter trotzen?«, und er peitschte und peitschte erbarmungslos mit der Gerte auf es ein, aber zu seinem Verdruss und wie um seine Drohung Lügen zu strafen, nötigte das dürre Vieh den Reiter, bald wieder abzusitzen. Verbittert ob der Widerborstigkeit, die ihm von allen Seiten begegnete, ließ Platon den Klepper vorangehen; er selbst schritt hinter ihm her und trieb ihn mit Gertenschlägen vorwärts.

Die halbe Wegstrecke war er so gegangen, ohne einem Menschen zu begegnen; er war tief in Gedanken versunken und ihm schwindelte, wenn er an den Zweck seiner Reise dachte. Plötzlich hörte er Hufgetrappel. Er drehte sich um, wandte sich aber voller Missvergnügen sofort wieder ab. Ein älterer Mann auf einem großen Zelter holte zu ihm auf.

»Ach, verdammt, verdammt!«, brummte Platon, denn wegen seines Vaters verdross ihn inzwischen der Anblick jedes alten Mannes.

»Guten Tag, junger Mann!«, rief ihm der Reiter zu.

»Grüß Gott, mein Herr!«, erwiderte Platon und hielt verlegen sein Pferd an.

Er hatte den dicken, glattrasierten, rotgesichtigen Mann, der eine Schildmütze auf dem Kopf und einen Schirm unter der Achsel trug, sogleich erkannt und seiner Begrüßung deshalb ein »mein Herr« beigefügt. Es war Iwane Gwerdewanidse, der Dorfadvokat und ein in der Gegend angesehener Edelmann.

»Wohin des Wegs, junger Mann?«, fragte Gwerdewanidse.

»Bin hier in der Nähe unterwegs, mein Herr, nach Maghalscheni.« Platon schwang sich wieder auf sein Pferd.

»Das trifft sich ja gut! Da sind wir für eine Weile Weggefährten!«

Platon kam das überhaupt nicht gelegen. Er wäre tausendmal lieber allein, in aller Freiheit gereist, aber er hatte nun keine andere Wahl; wenn er diesen ehrenwerten Herrn nicht vor den Kopf stoßen wollte, musste er auf seinem Klepper neben Gwerdewanidses Zelter einhertraben.

»Ich bin so lange schon unterwegs, ohne jemand zu begegnen, mit dem ich mich hätte unterhalten können. Ganz stumm bin ich den ganzen Weg geritten«, sagte Gwerdewanidse.

»Woher kommen Sie denn, mein Herr?«, fragte Platon, nur um etwas zu sagen.

»Ich war in Kwedureti. Bei den Bregadses. Sie sind

zwar Adelsleute, aber selbst deinem Feind würdest du nicht wünschen, so zu verarmen und an den Bettelstab zu kommen wie die. Die übliche Geschichte eben – Sie wissen das vielleicht –, sie wollen das Erbe aufteilen wie viele unserer Adelsfamilien heutzutage, aber da gibt's gar nichts mehr aufzuteilen! Deshalb versucht der eine dem anderen etwas wegzuschnappen, mit irgendeiner List den anderen zu übervorteilen, um ihm ja nichts zu überlassen, und sie keifen, zanken, streiten von morgens bis abends und gehen sich gegenseitig an die Gurgel.«

»Wir haben schlechte Zeiten hier, mein Herr, ganz schlechte Zeiten! Und zudem hat sich die Bevölkerung vermehrt ... Wenn die Streitigkeiten wenigstens dazu beitragen, das Land ein wenig zu leeren, sonst ... Aber Sie werden da selbstverständlich besser Bescheid wissen als ich«, bemerkte Platon.

»Vielleicht, vielleicht«, erwiderte Gwerdewanidse. »Was ich sagen wollte – diese Bregadses baten mich, eilends zu ihnen runterzukommen und irgendwie schlichtend einzugreifen. Nichts, worauf man erpicht wäre, ehrlich gesagt, ich wollte da gar nicht mit hineingezogen werden, die sind viel zu starrsinnig und wenig vertrauenswürdig, aber ich konnte nicht mehr nein sagen, zumal eine Verwandte von mir in dieser Familie lebt. Sie ist die Stiefmutter der Bregadse-Söhne, und sie haben die arme Frau, eine Witwe, mit ihren Streitereien und ihrem Schlamassel in äußerste

Bedrängnis gebracht. Das Leben zur Hölle gemacht haben sie der Unglücklichen!«

»Hatte sie auch eigene Kinder in dieser Ehe?« Ganz unwillkürlich war Platon die Frage entschlüpft.

»Ach, sie hatte weder mit ihrem vorigen Mann noch mit Bregadse Kinder. Eine unglückliche, kinderlose, arme Frau, deshalb dauert sie mich auch so sehr. Die Stiefsöhne stellen sich gegen sie, wie es meist der Fall ist in armen Familien. Sie schaffen es kaum, jahrein, jahraus sich selbst über die Runden zu bringen, geschweige denn zusätzlich die Stiefmutter. Zu Lebzeiten des Vaters waren sie noch eine Familie, doch als sein Erbe unter den drei Brüdern aufzuteilen war und auch der Stiefmutter ihr Witwenteil zufallen sollte, da war für keine Partei mehr etwas übrig, und natürlich jammern sie jetzt, beschuldigen sich gegenseitig, reißen's einander aus den Händen, wenn ihnen etwas in die Hände kommt …«

Gwerdewanidse erzählte weiter, aber seine Worte gingen Platon zum einen Ohr hinein und zum anderen wieder hinaus; seine Aufmerksamkeit war vollkommen in Anspruch genommen von dem, was er von dem Advokaten über diese Witwe, über die gepeinigte Stiefmutter, erfahren hatte. Wahrlich Wertvolles hatte er da erfahren.

›In Kwedureti … Bei den Bregadses!‹, wiederholte er im Stillen, als fürchtete er, er könnte die kinderlose Frau vergessen. ›Weder vom ersten Mann noch vom zweiten hat sie ein Kind. Was für ein Bregadse das wohl ist?‹

Er fühlte sich so beschwingt von der unverhofften erfreulichen Neuigkeit, dass es ihn drängte, mehr in Erfahrung zu bringen über die Lebenslage der kinderlosen Witwe. Er wollte gerade das Gespräch auf sie bringen, wurde sich dann aber rechtzeitig bewusst, dass dies fehl am Platz wäre, und hielt seine Zunge im Zaum. Mit diesem Mann einfach so drauflloszusprechen war riskant, so dachte er. Denn Gwerdewanidse konnte aus einem einzigen ungeschickterweise entschlüpften Wort erraten, was er im Schilde führte; deshalb begnügte sich Platon vorläufig mit dem Gehörten, versenkte die Frage in seinem Herzen und ließ sein keuchendes Pferd mit wahrer Todesverachtung dahinzockeln, hielt dabei aber immer die Ohren gespitzt, falls der gute Mann eine weitere hilfreiche Bemerkung von sich gäbe.

›Wie gut es doch sein kann, mit einem klugen Menschen ein paar Worte zu wechseln!‹, dachte er fröhlich, während er neben dem Advokaten einhertrottete. ›Da sind immer nützliche Dinge zu erfahren, wenn du gut aufpasst.‹

Gwerdewanidse indes fuhr fort:

»So ist das, mein Lieber, so sieht unsere Lage aus, und wir können nichts dagegen tun. Schwere Zeiten sind da über uns hereingebrochen, wir müssen uns anstrengen und sehr umsichtig sein in solchen Notzeiten. Trotz allem zeigt sich Gott in Seiner Güte wie eh und je barmherzig mit uns: Er vermehrt die Menschen, schenkt jeder Familie reichlich Kinder. Der Barmherzige könnte ja auch ein paar weglassen und dafür zum Unterhalt der anderen beitragen, das wäre doch gescheiter, etwa nicht, mein Lieber?« Der Advokat lachte.

»Gewiss, gewiss, mein Herr. Da haben Sie ein wahres Wort gesprochen.« Platon seufzte. »Sie haben Recht. Jemand wie Sie leidet keinen Mangel, aber wie's unsereins geht, fragt man lieber nicht, das wissen Sie, mein Herr, besser als ich. Wir leben von der Hand in den Mund, erstaunlich, dass wir immer noch so frohgemut sind, alles leichtnehmen, unbekümmert in den Tag hineinleben und nicht daran denken, was uns bevorsteht, was der himmlische Vater für uns vorsieht. Doch wenn wir uns nicht endlich aufraffen, wenn wir uns nicht ein Herz fassen, werden wir untergehen, mein Herr, alle zusammen, und das wird's dann gewesen sein!« Angesteckt von der Eloquenz seines Gesprächspartners, hatte er sich von seiner eigenen Beredsamkeit mitreißen lassen.

Die beiden Reisegefährten plauderten weiter; im Gespräch verflog die Zeit im Nu, und der Weg verminderte sich beträchtlich. Platon hätte mit Vergnügen noch länger gemeinsame Wegstrecke gemacht, als er unvermittelt die Abzweigung erblickte, wo er einbiegen musste. Er zügelte sein Pferd und wandte sich respektvoll an Gwerdewanidse:

»Leben Sie wohl, mein Herr.«

»Oh! Trennen sich hier unsere Wege?«

»Jawohl, werter Herr. Nichts für ungut, ich hätte Sie

gerne noch eine Weile begleitet, wenn ich hier nicht eine dringende Angelegenheit zu regeln hätte.«

»Macht nichts, macht nichts, mein Lieber! Leben Sie wohl, auch ich bin schon fast zu Hause. Adieu!«

»Leben Sie wohl! Auf dass Gott keinen mit Lahmheit schlägt, der Ihren Weg kreuzen und Ihnen Gesellschaft leisten könnte«, verabschiedete Platon sich schmeichlerisch und bog in seinen Weg ein.

›Es ist wirklich von Gutem, auf einen braven Mann zu treffen!‹, dachte er. ›Also, in Kwedureti, bei den Bregadses … Drei Brüder offenbar … Ich muss mich erkundigen, ob das anständige Leute sind … Sie ist zwar Gwerdewanidses Verwandte, aber was, wenn sie aus schlechten Verhältnissen stammt? Ich muss das alles in Erfahrung bringen. Die Bregadses habe ich jedenfalls in petto, sollte Dariko mir niemand anders angeben können. Ich mache mich schlau und bringe, wenn sie sich nicht als Schreckschraube herausstellt, die Sache zu einem guten Ende.‹ – »Genau, so mache ich es, genau so!«, rief er laut aus, und auf diesen Ausruf hin blieb das Pferd stehen – wahrscheinlich dachte es sich etwas ganz anderes. Platon trieb es mit ein paar »Hü!« an, schlug ihm die Fersen in die eingefallenen Flanken, zog ihm mit der Gerte eins über, aber das Tier tat keinen Wank und rührte keinen Huf von der Stelle.

Er sah sich gezwungen abzusitzen. Das keuchende, entkräftete, schweißüberströmte, struppige Pferd bot einen jämmerlichen Anblick, und der Reiter schlug sich an den Kopf.

»Wozu ist das verwünschte Vieh jetzt noch nütze? Sein Rücken wird vollkommen wundgescheuert sein. Hü!«, rief er wütend und zog ihm nun sogar mit dem Gehstock eins über.

Um seine Last erleichtert, begann es auf schwachen, zittrigen Beinen den steinigen Hügelweg hinaufzustaksen, zuckelte weiter mit all der Kraft, die ihm geblieben war, und versuchte, seinen endlich abgeschüttelten Reiter hinter sich zu lassen, damit er nicht von Neuem auf seinen schmerzenden Rücken sprang. Sein Bestreben hatte für eine Weile sogar Erfolg, doch schließlich holte Platon das bedrängte Tier ein, brachte es zum Stehen und sprang behände auf seinen Rücken. Statt Erbarmen zu zeigen, zog dieser Mann es vor, seinen Dünkel zu befriedigen, und erreichte hoch zu Ross den Hofeingang seines Schwagers.

Dort saß er ab, öffnete das Tor und trat in den Hof.

IV

Beim Hofeingang stand eine junge Frau mit einem kleinen Kind auf den Armen und beaufsichtigte einen Bauern, der den Gemüsegarten einzäunte. Die Frau blickte sich um, als der Bauer sie auf den Ankömmling aufmerksam machte. Kaum hatte sie ihn erkannt, setzte sie das Kind auf den Boden, richtete ihr Kopftuch und flog mit einem Freudenschrei auf ihren Bruder zu. Das Kind fing an zu plärren; das zweite, ältere Mädchen, das sich im Hof befand, tat es ihm nach und heulte ebenfalls los, aber Dariko beachtete sie nicht.

»Du meine Güte, Bruderherz! Was für eine Freude! Was für ein Glückstag für mich! Du meine Güte!«, jubelte sie atemlos.

Bruder und Schwester umarmten einander herzlich.

»Komm rein, Bruderherz, komm rein!«, forderte sie ihn auf und führte ihn unter viel Getue zum Haus. »Malakia! Malakia! Lass alles liegen und ruf Kirile zurück. Sei so gut, lass den Zaun sein.«

Der Bauer ließ von seiner Arbeit ab, rannte zum Hofeingang und rief aus Leibeskräften:

»Kirile! Herr Kirile! Kirile – juhu!«

»Wozu rufst du ihn zurück, Dariko? Lass ihn gehen«, sagte Platon.

»Er ist eben erst aufs Pferd gestiegen, sagte, er hätte was zu erledigen, und ist mir entwischt. Ich kann ihn einfach nicht zu Hause halten. Dabei bummelt er nur unnütz herum. Ich weiß nicht mehr, was ich mit ihm anfangen soll. Es ist alles so schwierig geworden.«

Die Kinder heulten noch immer; das eine hatte sich im Garten auf die Erde geworfen, zappelte und quiekte wie ein Ferkel.

»Ninoa! Komm und kümmere dich um die Kinder, Mädel! Bring die verdammten Bälger zum Schweigen!«, rief sie ins Haus und setzte sich neben Platon auf die Bank entlang des geschnitzten Verandageländers. Malakia brüllte noch immer stoisch nach Kirile.

»Wie geht's euch, Bruder, es geht euch doch gut?«, fragte sie im Jammerton.

»Danke, es geht so, du weißt schon …«

»Und meiner Schwägerin, geht's ihr gut? Und den Kindern?«

»Gott sei Dank, es geht allen gut.«

»Und Vater? Ach, er hat es so schwer im Leben!« Dariko seufzte. »Was sollte ich tun, Bruder, ich Unglückselige habe mich während der schwierigen, bitteren Zeit einfach nicht weiter um ihn kümmern können. Ich kann's nicht ändern, ich rackere mich ganz allein in dieser Familie ab, ich konnte sie keine Stunde allein lassen. Wem könnte ich sie denn auch überlassen? Und in all dieser Zeit habe ich euch nicht besuchen können und mich rar gemacht. Trauert er immer noch sehr, der Arme? Was kann sein Herz jetzt noch erfreuen, nachdem er Mutter verloren hat! Er ist doch wenigstens bei guter Gesundheit?«

Platon schnaubte. »Warum sollte er krank sein? Ganz im Gegenteil.«

»Er wird schmollen mit mir, und das geschieht mir sogar recht.« Sie seufzte wieder.

»Da sorgst du dich umsonst, liebe Dariko. An uns denkt keiner, Schwesterherz!«

Sie schaute ihren Bruder verdutzt an. Seine Worte befremdeten sie; sie verstand nicht, was er meinte.

»Wenn das Trauer ist, was unser Vater verspürt, so möge der liebe Gott all unsere Lieben damit schlagen! Wo denkst du hin, der Mann ist überhaupt nicht in Trauer, Hochzeitsvorbereitungen trifft er!« Er lachte.

»Du machst dich wie immer lustig, Platon.« Dariko ärgerte sich.

»Hoch und heilig, ich scherze nicht.«

Sie starrte ihn an.

»Der denkt weder an Mutter noch an irgendwen, sei er tot oder lebendig.«

»Platon, Platon, Bruder!«

»Du wirst schon sehen. Es ist beschlossene Sache.«

»Was soll das, Platon? Ich kriege gleich Zustände! Du flunkerst doch ...« Sie brachte die Worte kaum heraus, so betroffen war sie, denn sie hatte wirklich an einen Scherz geglaubt.

»Ich schwöre bei Frau und Kindern, er ist auf Brautschau. Mir ist nicht ums Scherzen, platzen könnte ich vor Wut!«

»Ojemine!«, schrie Dariko und schlug sich vor Erbitterung auf die Wangen. »Das ist ja unerhört!«

Platon seufzte. »Nichts zu machen!«

»So leicht zu vergessen ist meine arme Mutter? Mich trifft der Schlag!«, lamentierte sie. »Da wird dieser Unglückselige so alt und tut noch so was! Wen will der vernunftlose Narr denn an Mutters Stelle ins Haus schleppen? Wer ist es?«

Die letzten Worte hörte Platon nicht mehr und gab deshalb keine Antwort, denn in diesem Moment kam Kirile auf seinem schönen, kastanienbraunen Pferd in den Hof galoppiert.

»Platon, Platon, grüß dich!«, johlte er. »Grüß dich, Platon! Dariko, es geschehen ja noch Zeichen und Wunder! Ist das eine Art, mein Freund, die Verwandtschaft zu vergessen? Aber was sag ich dir da! Darfst du überhaupt ins Haus? Dein Schwesterchen scheint da einen großen Fehler zu machen, denn wenn's nach mir ginge, würde ich dich um nichts in der Welt hereinlassen, keinen Fuß würde ich dich hereinsetzen lassen! Hahaha!« Es war eine überschwängliche Begrüßung, mit der der hochgewachsene, schmuck angezogene fesche junge Mann seinen Schwager empfing. »Ist alles in Ordnung bei euch, mein Lieber?«

»Danke, es geht so …«

»Wie geht's meinem Schwiegervater, dem lieben Bekina? Immer noch gesund und munter?«

»Wenn du nicht ständig herumstreunern würdest, könnten wir mal hingehen und ihn besuchen und bräuchten nicht zu fragen!«, sagte Dariko verdrossen.

»Besuchen! In ein Trauerhaus bringt mich keiner.« Er wandte sich wieder an den Schwager: »Genützt hätte es euch, ihr Lieben, ja doch nichts. Eine so lange Trauerzeit – hat man so was schon gehört!«

»Du weißt es noch nicht, aber wir haben sie schon seit einer Weile hinter uns«, erwiderte Platon lächelnd.

»Was anderes als feiern hast du nicht im Kopf, du Hallodri«, brummte Dariko dazwischen.

»Wir sind Miminaschwilis!«, rief Kirile und warf sich in die Brust. »Kinder des Sperbers, wie der Name sagt. Des Sperbers! Sorgen haben bei uns nichts zu suchen! Uns sperrt niemand ein! So ist das in unserer Familie! Wo Frohsinn und Festlichkeit herrschen, da sind auch wir, dies ist der Platz, der unserem Geschlecht zukommt! Soll ich die paar Lebenstage etwa damit verbringen, mein Herz mit Kummer zu füllen, Fest und Tafelfreuden zu verpassen, um am Ende

Erde über mich streuen zu lassen? Im Leben nicht! Nichts Dümmeres als das! Der Mensch sollte immer fröhlich sein, dann freuen sich auch die anderen, einen zu sehen. Aber so wie du dich aufführst, Dariko, muss das sein? Da kommt dein Bruder dich besuchen und du bist derart griesgrämig, schämst du dich nicht?« Er lachte laut und herzlich. »Wirklich, du bist mir eine, Dariko. Verdrießt dich sein Besuch etwa?«

»Ich habe ihr eine schlechte Nachricht überbracht«, sagte Platon lächelnd und sah dabei zu Dariko.

»In der Tat!«

»Eine Hochzeitseinladung …«

»Du bist meine Rettung, Platon! Wer heiratet, sag schon?«

»Ihr Vater!«

»Ah? Ihr Vater?«

»Ja, dein Schwiegervater heiratet! Und du weißt ja am besten, wie so was zu feiern ist!«

»Machst du Scherze, oder ist das wahr, Platon?«, fragte Kirile verblüfft.

»Ich schwör's hoch und heilig, es ist die Wahrheit.«

Kirile brach erneut in Lachen aus. »Sieh an, unser Bekina! Unser lieber alter Bekina mit seinem schönen grauen Bart! Hahaha! Wär doch gelacht, wenn ich nicht ordentlich mit ihm feierte … Gelacht wär das! Ich werde ein Hochzeitslied anstimmen, dass den Leuten Hören und Sehen vergeht, Wald und Feld zu tanzen beginnen! Wann soll sie denn sein, die Hochzeit?«

»Erst, mein Lieber, muss sich eine Braut finden.«

»Frauen gibt's doch mehr als genug. Worauf wartet ihr noch? Wer ist der Heiratsvermittler?«

»Ich!«, erwiderte Platon.

Kirile stutzte und brach schon wieder in schallendes Gelächter aus.

»Du bist der Kuppler? Ich bitte dich! Hahaha!«

»Ja, das bin ich, es ist nun mal so! Wie heißt es doch: Man soll den Bären erlegen, bevor das Fell verteilt ist, oder so ähnlich, ich habe in all dem Wirrwarr das Sprichwort vergessen.«

»Und warum spielst du dann den Kuppler? Warum bist du bei etwas behilflich, das gegen deine Interessen geht?«

»Was soll ich denn tun, wenn ich keinen anderen Ausweg habe, lieber Schwager? Was habe ich gefleht und dagegengehalten, alles umsonst, er war nicht umzustimmen. Er hat nur hartnäckig wiederholt, ich sei doch ein guter Sohn, Gott würde mich schon nicht ins Elend stürzen, sondern alles Unglück von mir fernhalten, aber wer weiß schon, ob alles nach seinen Worten geschieht und Gott voller Barmherzigkeit auf mich herunterblickt. Vielleicht wird Er, statt mich zu belohnen, mir zürnen und sagen: Wozu kümmerst du dich um diesen unersättlichen Menschen?! Und um Gottes Zorn sozusagen zuvorzukommen, habe ich beschlossen, das nahende Unglück nach besten Kräften gleich zu Anfang abzuwenden. Wer so unbesonnen und blind ist wie Vater, will nicht sehen, dass das Familienvermögen schon für den Nachwuchs einer Frau allein kaum genügt, geschweige denn für den einer zweiten!«

Er schilderte dem Paar nun haarklein und in scherzhaftem Ton seine Lage und wie er darauf gekommen war, für seinen Vater Heiratsvermittler zu spielen und die Stiefmutter selbst heimzuführen.

Dariko saß schweigend da, die Kiefer grämlich zusammengepresst. Kirile dagegen amüsierte sich sehr, und sein Lachen hallte dröhnend über den Hof.

»Du scheinst das alles ja gut durchdacht zu haben. Mensch, aber was ist, wenn sie ein Kind kriegt, einen Sohn? Prost Mahlzeit! Was willst du dann tun, Platon?« Und er wieherte los.

»Wie soll sie Kinder kriegen – eine Frau, die mit zwei Männern keine hatte? Oder ist mein Vater etwa anders als andere Männer?«

Kirile ließ nicht locker. »Schon, aber sag mir: Falls sie Kinder kriegt, was willst du dann tun?«

»Was weiß ich, was ich tun werde … Wie soll ich dir jetzt sagen, wonach mir sein wird, wenn mich die Wut packt?«

»Trotzdem, was willst du tun?«

»Was soll diese hartnäckige dumme Fragerei?«, fuhr Dariko ihren Mann an.

»Was dann sein wird, weiß Gott allein.« Platon riss das Wort wieder an sich. »Was dann sein wird, weiß Gott, ich jedoch muss euch jetzt erklären, wieso ich hergekommen bin, nämlich weil ich in dieser schwierigen Zeit eure Hilfe brauche.«

»Möge Gott mir die Kraft dazu geben, Bruder!«, jammerte Dariko.

»Selbstverständlich kannst du auf mich zählen, wenn ich dir irgendwie behilflich sein kann!«, fügte Kirile hinzu.

»Bei mir in der Umgebung gibt es kein solch verflixtes Frauenzimmer, wie ich es brauche, vielleicht lässt sich ja bei euch eins finden.«

»Wer könnte da in Frage kommen …« Dariko begann zu überlegen.

»Du bist doch ständig an allen möglichen Orten unterwegs, Kirile, vielleicht kennst du jemanden?«

»Mensch, Platon, glaubst du, ich treibe mich herum, um Klatsch über ältere Damen zu hören? Weiber interessieren mich nicht, mir geht's ums Feiern, mein Freund! Der Herrgott selbst hat für kinderlose Frauen nichts übrig, was also sollte ich mich mit ihnen abgeben!«

»Fällt dir niemand ein, Dariko?«, wandte sich Platon an seine Schwester.

»Nein, niemand. Nicht, dass ich wüsste.«

»Tja, dann muss ich mich wohl woanders umsehen«, sagte Platon.

»Ich begleite dich bei der Suche, ist doch Ehrensache!«, rief Kirile aus. »Bei unserer brüderlichen Verbundenheit schwör ich, dich keinesfalls im Stich zu lassen! Wir suchen und finden, Platon! Hahaha! Mein Lebtag war ich noch nie in so einer seltsamen Mission unterwegs, und ich bin sicher, uns erwartet eine Menge amüsanter Abenteuer. Eine Menge älterer Damen wird sich wünschen, kinderlos zu sein! Hahaha! Wir sollten Wettstreit und Rivalität unter den armen Weibern stiften, unbedingt! Das gehört dazu!«

»Was ist das jetzt für ein Blödsinn? Vielleicht will gar keiner, dass du mitgehst. Oder willst du dich etwa aufdrängen?«, tadelte ihn Dariko.

»Ich muss mit. Wenn Bekina sein Vater ist, so ist er auch meiner. Der Mann ist schließlich mein Schwiegervater. Soll ich mich für ihn nicht ins Zeug legen dürfen?«

»Niemand verlangt was von dir!«

»Wozu ist dann dieser Mann hergekommen? Hat er uns nicht selbst um Hilfe gebeten? Es ist beschlossene Sache: Ich gehe mit Platon zusammen auf die Suche nach seiner zukünftigen Stiefmutter.« Kirile lachte dröhnend. »Die Entscheidung ist gefallen, liebe Daredschan, bemüh dich nicht mehr. Sei nicht beleidigt, am besten, du kümmerst dich jetzt um unser Abendessen, sei so gut, liebe Daredschan. So ein üppiges, wie nur du es zubereiten kannst.«

»Du hast mir nichts vorzuschreiben«, gab sie ärgerlich

zurück und stand auf. »Du solltest lieber über dein Benehmen nachdenken.«

»He, du bist mir doch nicht böse?«, rief er. »Du bist doch nicht beleidigt? Bitte nicht, im Namen deines lieben Vaters, im Namen unserer Liebe, bitte nicht. Ich gehe mit, das kann ich nicht rückgängig machen, aber wenn ich sonst irgendetwas Unangebrachtes gesagt habe, tut's mir leid, hörst du? Was soll ich noch tun? Es tut mir leid, hab ich gesagt. Aber mitgehen werde ich, auch wenn du mich umbringst, auch wenn … ich weiß nicht, was du mit mir anstellst … Was sagst du denn dazu, Platon?«

»Ganz wie du willst«, entgegnete dieser, obwohl ihn Kiriles Hartnäckigkeit insgeheim ärgerte.

Er kannte den Charakter seines Schwagers und wusste, mit ihm unterwegs zu sein, noch dazu in solch einer Angelegenheit, war eine höchst riskante Sache. Natürlich kam Kirile, wie er selbst gesagt hatte, zum Vergnügen mit; er würde jedoch überall und immer unnütz einen Streit vom Zaun brechen und ihm nur im Weg, aber keine Hilfe sein. Platon hatte nicht damit gerechnet, dass sein Schwager sich so darauf versteifen würde, ihn zu begleiten, sonst hätte er sein Anliegen anders vorgebracht.

»Ganz wie du willst«, wiederholte er, »aber vielleicht brauchen wir gar nicht so weit zu gehen. Ich habe auf dem Weg hierher diesen Iwane Gwerdewanidse getroffen, und während unseres Gesprächs hat er mir erzählt, in Kwedureti bei den Bregadses gebe es eine Frau, genau so eine, wie ich sie suche. Diese Bregadses sind offenbar drei Brüder. Dariko, hast du vielleicht schon von ihnen gehört? Vielleicht kennst du sie sogar?«

»Die Bregadses … in Kwedureti … Nein, die kenne ich nicht.«

»Gwerdewanidse hat eine hohe Meinung von ihr.«

»Dann lass uns hingehen und sie in Augenschein nehmen!«, rief Kirile.

»Einfach so können wir doch nicht hingehen. Erst müssen wir mehr in Erfahrung bringen. Vielleicht ist sie zwar kinderlos, aber eine Hexe. Warum zum Kuckuck sollte ich sie dann haben wollen!«, erwiderte Platon.

»Wir könnten doch am Sonntag in die Kirche gehen, ein bisschen herumfragen und sie uns ansehen«, schlug Dariko vor.

»Nein, nein, auf diese Weise geht das nicht.«

»Wie du meinst, aber dann, lieber Bruder, könntest du Kiriles Tante, die Schwester seines Vaters, aufsuchen und fragen«, riet sie. »Salome wird dir Auskunft geben können über die Frau. Sie wohnt nicht weit von Kwedureti und weiß bestimmt Bescheid über sie. Wenn nicht, kann sie dir vielleicht jemanden angeben, der Bescheid weiß.«

»Bravo, bravo!«, schrie Kirile. »Bravo, Dariko! Wirklich ausgezeichnet, meine Liebe, das ist ein mordsmäßig guter Rat!«

»So mache ich es«, stimmte Platon zu.

»Also, dann gehen wir gleich morgen zu meiner Tante!«, rief Kirile. »Gleich morgen! Nicht wahr, Platon?«

»Ja, unbedingt gleich morgen.«

»Du gehst nirgendwo hin!«, fuhr Dariko ihren Mann an.

»Sei so gut und komm mir nicht mehr damit. Ich weiß, was ich zu tun habe. Kümmere du dich um deine eigenen Angelegenheiten!«

Dariko brummte wütend etwas vor sich hin und ging ins Haus, um Anweisungen für das Abendessen zu geben.

»Wenn du willst, Platon«, begann Kirile fröhlich, »könnten wir übermorgen auch zu einem Begräbnis gehen. Hier ganz in der Nähe ist ein junger Edelmann gestorben. Du weißt ja, wie viele Witwen immer zu den Totenklagen kommen. Ich platziere mich an einem günstigen Ort, sodass mir keine in Frage kommende Frau entgeht und unentdeckt bleibt. Und über jede erkundige ich mich. Vielleicht finden wir dort deine zweimal verheiratete Kinderlose. Das wäre sogar einfacher und schneller. Was meinst du?«

»Hör mal, ich will die Sache aber nicht an die große Glocke hängen«, erwiderte Platon freundlich.

»Gut, dann schieben wir zu meiner Tante Salome ab, so wie's uns Dariko geraten hat. In Ordnung. Wo wir nun alles geregelt haben, gehe ich mal dem Stalljungen Bescheid sagen, er soll sich um dein Pferd kümmern. Du ruhst dich inzwischen etwas aus, du wirst müde sein von der Reise, danach gibt's Abendessen, und da musst du bei Kräften sein, damit wir das Ganze gleich von Beginn weg feuchtfröhlich angehen können.« Kirile ließ wieder sein dröhnendes Lachen hören. Er zeigte Platon sein Zimmer und ging dann in den Hof.

»Ach je, ein Gemüt wie seins müsste man haben!«, entfuhr es Platon, als er allein war. »Für den ist alles ein Pappenstiel ... Verbringt die Zeit mit seinen Festgelagen ... Andererseits, was ist verkehrt daran? Noch reicht sein väterliches Erbe aus ... Aber jemand wie ich muss sich fragen ... ach je!« Er seufzte, nahm seinen Gürtel ab, knöpfte die Tschocha auf und legte sich auf den Diwan an der Wand.

Als Kirile ihn weckte, dämmerte es bereits.

»Aufstehen, Platon, aufstehen, Dariko hat uns ein Abendessen zubereitet, ich sag dir, ganz wie du es magst. Übrigens, Mensch, wie konntest du dich nur auf dieses edle Ross setzen, mit dem du hergeritten bist?«

»Tja!«

»Du heiliger Strohsack, das ist nicht mal mehr imstande, dich bis zum Tor zu tragen!«

»Sein Rücken wird wund sein«, sagte Platon leise und bekümmert.

»Ist er, und wie! Geradezu geschunden ist sein Rücken!«

»Daran ist nur dieser verfluchte Gwerdewanidse schuld! Seine ganze Sippschaft soll zum Teufel gehen! Bestimmt hat der sowieso Dreck am Stecken! Was soll ich jetzt machen?«, fragte Platon missmutig. »Habe ich mir noch eine Sorge eingebrockt?«

»Immer mit der Ruhe!«, rief Kirile gutgelaunt. »Lass den Kopf nicht hängen. Ich werde dir doch wohl noch ein Pferd beschaffen können!«

»Und was ist mit dem hier?«

»Das bleibt hier. Ich kenne einen Bauern in der Nachbarschaft, der weiß Heilmittel, die den Rücken in drei Tagen kurieren. Wenn wir zurückkommen, findest du das Pferd gesund und munter vor. Keine Bange! Also, bevor wir aufbrechen, lass uns über einem knusprigen Spanferkel ein paar Trinksprüche ausbringen, auch Gott um Seinen Beistand bitten. Wir wollen's uns wohlsein lassen, Trübsal blasen können wir in der Hölle noch mehr als genug, deshalb, mein Lieber, lass uns jetzt wenigstens feiern und fröhlich sein!«

Wenig später setzten sie sich zu dritt zum Abendessen. Kirile, in seiner ausgelassenen Art, brachte unzählige Toasts aus und nötigte seinen Schwager hartnäckig zum Trinken.

»Lass ihn in Ruhe, Kirile!«, mahnte ihn Dariko ständig, aber ihr Mann gab nicht auf.

»Wozu brauche ich eine Familie, wenn ich meinem Gast, und was für einem Gast dazu, nämlich dem Bruder meiner Frau, der mich zu einer Hochzeit einladen will, nicht gehörig einschenken und ihn betrunken machen darf! Dürfte ich das nicht und wäre ich einmal sein Gast, wird er mir seinerseits nicht anständig zu trinken geben und mich mit

Wasser abspeisen. Warum sollte ich mir das antun? Hahaha! Warum? Ich bin doch nicht blöd! Los, tu mir den Gefallen, leer das Trinkhorn, ex! Auf deine zukünftige Stiefmutter! So ist's recht, mein Lieber! Bis zum letzten Tropfen, bis zum letzten!« Und er wollte gar nicht mehr aufhören mit Lachen.

V

Am nächsten Tag machten sich die beiden Schwäger gut gelaunt auf den Weg. Kirile insbesondere war in Hochstimmung, denn er versprach sich von der Reise einiges Vergnügen: In seiner Vorstellung musste es unter den kinderlosen älteren Witwen zu einem Gerangel kommen, sobald ihnen zu Ohren kam, worauf die Reise der beiden Männer abzielte. Er fand, Vorsicht sei am Platz, damit ihnen nicht statt einer kinderlosen Frau eine untergeschoben wurde, die ihre Kinder verloren hatte. Solches und Ähnliches schilderte Kirile in seiner lebhaften Art und brachte Platon zum Lachen, ja verleitete ihn schließlich selbst zum Scherzen.

So ritten die beiden unter Gelächter und in heiterer Stimmung, als Kirile sich plötzlich gegen die Stirn schlug, sein Pferd zügelte und ausrief:

»Auweia!«

»Was ist?«, fragte Platon erschrocken. »Was ist los, Kirile?«

»Nichts, nichts. Lass uns weitergehen.«

»Dir ist doch gerade etwas in den Sinn gekommen, doch nicht was Wichtiges, Dringendes?«

»Nicht der Rede wert, Mensch, nicht der Rede wert! Los, treib dein Pferd an.«

»Wenn's kein Geheimnis ist, sei so gut und sag mir, was los ist. Ich will dich keinesfalls von irgendetwas abhalten.« Insgeheim hoffte er, eine glückliche Fügung würde ihn von seinem Reisegefährten befreien, damit er sich still und unbehindert seiner eigenen Sache widmen konnte. Deshalb ließ er nicht locker: »Hoch und heilig, wegen mir musst du dir keine Umstände machen.«

»Mensch, was macht das schon, Schapatadses Hochzeitsfeier geht nichts ab, wenn ich nicht hingehe, und sie gewinnt nichts hinzu, wenn ich hingehe. Los, weiter geht's!«

»Du bist zu einer Hochzeit eingeladen?«

»Los, Mensch, weiter! Vergessen wir Schapatadses Hochzeit. Ich habe sie nur erwähnt, weil sie mir in den Sinn gekommen ist.«

»Wann ist sie?«

»Heute Abend.«

»Bitte, stoß den Mann meinetwegen nicht vor den Kopf. Er hat dich eingeladen, und du willst nicht hingehen? Du darfst ihn nicht verärgern. Den Weg zu deiner Tante finde ich gut auch allein. Ich bin ja nicht zum ersten Mal in der Gegend unterwegs. Bitte, Kirile, lass das Fest nicht links liegen.«

»Ich habe dir doch gesagt, ich lasse dich keinesfalls

allein, es ist beschlossene Sache, ich gehe mit dir. Was soll ich auf einer Hochzeit!«

»Dann kehre ich jetzt um und mache mich morgen zu Salome auf den Weg«, sagte Platon und wendete das Pferd.

»Mensch, Platon, ich schwör's bei Dariko, ich lass dich jetzt nicht nach Hause zurück!« Kirile setzte ihm nach und hielt ihn an den Tschocha-Schößen fest.

»Was machst du da? Ich kehre um und warte zu Hause auf dich. Die Sache ist nicht so eilig; ob ich Salome nun heute oder morgen aufsuche, ist doch ganz einerlei. Keiner kommt uns zuvor und schnappt uns die Frau weg, die wir im Auge haben.«

»Woher willst du das wissen? Vielleicht ist noch jemand rastlos und fieberhaft auf der Suche nach einer kinderlosen älteren Frau!«, erwiderte Kirile und lachte wieder. »Los, komm!«

»Nein, eben nicht!«, widersprach Platon entschlossen.

»Hör mal, willst du, dass Dariko mich nicht mehr ins Haus lässt? Wenn sie dich zurückkehren sieht, weißt du, was mir dann blüht?«

»Sie wird nichts sagen, dafür sorge ich schon!«

»In deiner Anwesenheit vielleicht nicht, aber kaum bist du außer Hörweite, fällt sie mit ihrem Gezeter über mich her!«

»Wie auch immer, sollen wir hier mitten auf der Straße

stehen bleiben oder wie?« Platon konnte seinen Ärger nur mit Mühe unterdrücken und lockerte die Zügel.

Kirile verstummte. Er wusste nicht, was tun, und blieb eine Weile nachdenklich. Wenn sein Schwager umkehrte, setzte es von Dariko ein Donnerwetter, gleichzeitig wollte er nichts lieber als auf diese Hochzeit gehen. Er wusste nicht mehr ein noch aus und steigerte sich geradezu in die Zwangslage hinein. Dies dauerte jedoch nur einen Moment; dann fand sein gewitzter Verstand plötzlich den rettenden Ausweg.

»So wie die Dinge jetzt stehen, Platon, gehst du heute ja nun nicht mehr zu meiner Tante, ich kann dich aber auch nicht nach Hause lassen. Deshalb mache ich dir einen Vorschlag. Tu mir den Gefallen und sag nicht nein.«

»Versprochen.«

»Keiner von uns beiden wird's bereuen …«

»Mensch, sag schon!«

»Lass uns heut Abend zusammen zu den Schapatadses gehen.«

»Zu den Schapatadses?« Platon wunderte sich.

»Genau. Wir bleiben heut Abend dort und gehen morgen dann zusammen zu Salome.«

»Was redest du da, Kirile! Bist du noch bei Trost? Ich kenne den Mann gar nicht, und er kennt mich nicht. Ich gehe doch nicht zur Hochzeit eines Unbekannten!«

»Das braucht dich doch nicht zu kümmern!«

»Du weißt selber, dass das nicht wahr ist.« Und Platon wendete erneut das Pferd und zog ihm die Gerte über, aber Kirile fiel ihm in die Zügel und brachte das Pferd zum Stehen.

»Platon, wenn dir etwas an mir liegt … wenn du an unsere brüderliche Verbundenheit glaubst, dann zeig's mir jetzt. Bei deiner Frau und deinen Kindern beschwöre ich dich, du musst einfach mitkommen zu den Schapatadses!«

»Meiner Treu, ich höre wohl nicht richtig! Was wird dieser Mensch denn sagen, wenn ich als vollkommen Unbekannter an einem solchen Festtag an seine Tür klopfe?«, rief Platon verärgert. »Was wird er denken, hä?«

»Ein Ehrenmann, wird er denken«, entgegnete Kirile lachend. »Was sonst? Schließlich bin ich es, der seine Einladung annimmt und der zusammen mit einem braven, ehrbaren Edelmann, von besserem Stand als er, hingeht – und das soll er übelnehmen? Was dir nur einfällt! Er wird's nicht übelnehmen, sondern uns nach Strich und Faden verwöhnen! Hör mal, wenn ich zu dir käme und einen Fremden mitbrächte, einen mir lieben Menschen, würdest du das übelnehmen? Sag schon, würdest du mir die Tür weisen? Sag!«

»Natürlich nicht!«

»Na also! Ich werde dem Gastgeber alles erklären: dass wir zusammen in wichtiger Angelegenheit unterwegs sind, wir morgen früh unbedingt wieder losmüssen, da es eine sehr wichtige Angelegenheit ist, und so weiter und so fort – mit einem Wort, ich erklär's ihm in meiner bewährten Art, sage, dass ich ihm die Ehre erweisen wollte, dich aber nicht im Stich lassen konnte, und solches Zeug. Du wirst sehen, wie dankbar er dich aufnehmen wird. Was machst du dir Sorgen, Mensch, niemand außer dem Gastgeber wird wissen, ob du eingeladen bist oder nicht, und wie mit dem Gastgeber umzugehen ist, weiß ich bestens.«

Er ließ ihm keinen Ausweg mehr, und Platon blieb nichts anderes übrig, als sich einverstanden zu erklären und mit zu den Schapatadses zu gehen. Kirile, am Ziel seiner Wünsche angelangt, versprach ihm, dass sie großartig feiern und sich amüsieren würden auf dieser Hochzeit, wo sich, nach seinen Worten, eine Unmenge von Leuten um den ehrsüchtigen Hausherrn versammeln würde.

»Ich bin aber nicht angemessen angezogen. So wird das doch nichts«, sagte Platon kopfschüttelnd, dem es immer noch sehr zuwider war, bei einem Unbekannten und zu einem solchen Anlass uneingeladen aufzutauchen. »Ich weiß nicht ... Himmel, was werden die sagen?«

»Jetzt hör aber auf!«, rief Kirile. »Bin ich etwa besser angezogen als du? Nicht die Hälfte der Anwesenden wird ausstaffiert sein wie wir. Kein Wort mehr darüber!«

Weiteres Argumentieren half nichts mehr, denn sie machten sich endgültig auf den Weg zu Schapatadse. Sie ritten gemächlich, da sie ja nicht zu früh, vor den anderen Gästen eintreffen wollten.

Es dämmerte bereits, als sie Schapatadses Hof erreichten. Dort hatten sich schon eine stattliche Anzahl Gäste eingefunden. Die Frauen hatten sich auf der Veranda niedergelassen. Bedienstete eilten hin und her, die lautstarken Anweisungen der Tafeldecker befolgend.

Im Hof war ein Kommen und Gehen von Gästen. Freudiges Gelächter und Gekicher war zu hören. Längs der Einzäunung standen Pferde an die Pfosten gebunden. Auch Kirile und Platon banden ihre Reittiere dort fest. Kirile mischte sich sofort unter seine Bekannten, eilte vom einen zum anderen, machte sich bei allen bemerkbar, keiner entging ihm. Als er schließlich den betagten Hausherrn fand, beglückwünschte er ihn zur Vermählung seiner Tochter und erklärte ihm auch gleich Platons Anwesenheit. Der Alte zeigte sich sehr angetan, bedankte sich gar bei ihm, einen so teuren Familienangehörigen, wie es sein Schwager war, mitgebracht zu haben, und auch bei Platon selbst für die Ehre, die er ihm erwies. Er gab der Bitte und der Hoffnung Ausdruck, dass sie gehörig mitfeierten und damit diesen glücklichen Tag noch schöner machten für seine Familie. Ein solcher Empfang ließ Platon all seine Bedenken vergessen. Wenig später nahm auch er teil am fröhlichen Treiben, fühlte sich ausgelassen und bereit, tüchtig zu feiern.

Von fern ertönte eine Surna. Die Menge wurde immer aufgeregter. Der Klang der Surna kam allmählich näher. In immer kürzeren Abständen folgten Pistolen- und Revolverschüsse aufeinander. Die Frauen drängten sich auf der Veranda. Die ganze Umgebung schien aufzuleben, in Bewegung zu geraten. Immer kräftiger und klarer ertönte die Surna, und die sich nähernde Begleitschar stieß Heißa-heißa-Rufe aus. Kurz darauf kam vogelschnell, bis an die Zähne bewaffnet, die hübsche Kappe schräg im Nacken, ein junger Mann in den Hof geprescht und rief: »Der Bräutigam kommt! Ich bin der Überbringer der Freudennachricht!« Auf seinem schaumbedeckten Pferd ritt er ein paarmal vor der Veranda auf und ab, riss plötzlich wie ein Habicht im Flug einem jungen Mann auf der Treppe die Trinkschale aus der Hand und galoppierte damit wieder aus dem Hof hinaus der Brautführerschaft entgegen. Er war in der Tat der Überbringer der freudigen Nachricht.

»Bravo, bravo!«, schrien die Leute, begeistert von seiner Geschicklichkeit, und in den Lärm mischten sich der Jubel der Neuankömmlinge, Schüsse, dröhnendes Hufgetrappel und Peitschenknallen, das die Tiere ganz wild machte.

Und nun traf auch der Bräutigam zusammen mit seinen Brautführern ein.

Platon hatte seine Suche nach der kinderlosen, zweifach verwitweten zukünftigen Stiefmutter vollkommen vergessen, auch seinen Vater Bekina und die Alltagssorgen und gab sich mit Leib und Seele der allgemeinen Fröhlichkeit hin. Er wollte allein seinem Herzen folgen und wie ein Verdurstender die Freude dieses Tages in sich aufsaugen. Zusammen mit anderen begleitete er zu Pferde die Braut bis zur Kirche und ritt dann mit den Frischvermählten zurück, während ohrenbetäubend der Maqruli, das Hochzeitslied, erschallte. Die ganze Nacht, ohne Unterlass, sang er an der Festtafel im langen Laubengang, und der alte Schapatadse widmete ihm für seine Festfreude sogar einen besonderen Dank.

Es war eine äußerst fidele Festgesellschaft, Spiel und Tanz nahmen kein Ende, obwohl die Frauen sich alle fast gleichzeitig entfernt hatten, um sich auszuruhen. Die Morgendämmerung war schon nah, doch die jungen Männer, die um die Wette Wein tranken, machten keine Anstalten, von der Tafel aufzustehen. Der Klang der Surna, nun müde und matt, tönte in dieser Nacht im Wechsel mit Liedern noch lange durchs Land.

Obwohl selbst ziemlich betrunken, hatte Platon ein waches Auge auf Kirile, der Trinkhorn auf Trinkhorn leerte. Für eine kurze Weile war in der Ecke, in der sein Schwager saß, ein Wortgefecht entstanden, das jedoch bald wieder versandete. So wie Kirile dreinsah und herumzappelte, suchte er offensichtlich nach irgendeinem Grund, um, ganz nach seiner Gewohnheit, einen Streit vom Zaun zu brechen. Sobald Platon dies bemerkte, rückte er so nahe wie möglich zu ihm hin.

»Da hast du dich aber gewaltig geirrt!« Kirile war aufgesprungen und stellte einen riesigen Weinpokal, der verstohlen beiseitegestellt worden war, vor einen jungen Mann; er hatte sich offenbar vor dem Trinken drücken wollen. »Gewaltig geirrt hast du dich da!«

»Ich habe schon ausgetrunken und den Pokal weitergegeben. Sie sind es, der sich irrt!«, entgegnete der Jüngling.

»Das fehlte noch! Trink aus, sofort!«, schrie Kirile zornig.

»Warum sollte ich ihn ein zweites Mal leeren?«

»Trink, sag ich dir!«

»Beruhigt euch, beruhigt euch, Jungs!«, ertönte es von allen Seiten. Lautes Stimmengewirr brach aus. Die einen ergriffen Partei für Kirile, die anderen für den jungen Mann.

»Trink sofort aus!«, schrie er wieder. »Jetzt wartet doch mal! Den Pokal erlasse ich ihm nicht! Nur damit er mir später die Ohren vollprahlt?«

»Prahlen habe ich bei einem wie dir nicht nötig. Und so was will ein Mann sein!«, gab der junge Mann zurück.

»Was für ein Mann ich bin, werde ich dir gleich zeigen. Trink aus!« Kiriles Gesicht war wutverzerrt.

»Kirile, Kirile!«, beschwichtigten ihn die einen.

»Kosta, Kosta!«, suchten die anderen den Jüngling zu beruhigen.

»Ein Mann will der sein! Soll er uns doch mal zeigen, was für ein Mann er ist!«, schrie Kosta.

»Weichling, Milchbart!«, rief Kirile, ergriff den Pokal und goss ihm den Wein ins Gesicht.

Ehe er sich's versah, war Kostas Bruder wie ein Tiger auf den Tisch gesprungen, in der Hand einen blitzenden Dolch. Er hätte wohl auf der Stelle zugestochen und Kirile vielleicht sogar getötet, wenn die anderen jungen Männer, die sich auskannten mit solchen Scharmützeln und Schlägereien, dem Angreifer nicht geistesgegenwärtig die glitzernde Waffe entrissen hätten.

Gebrüll und wüstes Durcheinander brach aus. Es gab ein Handgemenge, und man ging mit Fäusten aufeinander los. Die Schlichter hatten einen schweren Stand: Sie schrien, suchten die Streithähne zu trennen, doch sie kamen nicht gegen das Getümmel an.

VI

Die Sonne stand schon hoch, als Platon am nächsten Morgen aufwachte. Er sah sich um; im Zimmer war niemand sonst außer Kirile, der am anderen Ende des Diwans lag.

Gleich beim Aufwachen kam ihm die nächtliche Rauferei in den Sinn, und sein Herz zog sich schmerzhaft zusammen. Er stand jäh auf, zog sich den Achaluchi über, ging zum Fenster und schaute auf den Hof hinaus. Dieser hatte keinerlei Ähnlichkeit mit dem Anwesen ihres gestrigen Gastgebers. Er konnte sich's erst nicht erklären, dann begriff er jedoch, dass man sie, nachdem es endlich gelungen war, die Raufbolde voneinander zu trennen, wohl in ein Nachbarhaus gebracht hatte. Dunkel erinnerte er sich, wie er und Kirile auf ihre Pferde gesetzt wurden und bei Morgengrauen irgendwohin galoppierten. Er erinnerte sich auch an die Rauferei, konnte sich aber keine Einzelheiten ins Gedächtnis rufen – er war wohl zu betrunken gewesen. Jetzt jedoch war er wütend, er ärgerte sich schwarz, dass er seinem verrückten Schwager geglaubt hatte, seinen Worten Folge geleistet und sich in eine so peinliche Lage gebracht hatte. Wie hatte er uneingeladen auf diese fremde Hochzeit gehen können – und dann diese Schlägerei, dieser Tumult! Und nun ausquartiert in ein anderes Haus! Was taten sie hier, verprügelt und verdroschen, in einem vollkommen fremden Haus?

»Was hat mich dummen Hund bloß auf diese Hochzeit getrieben? Was hatte ich auf der Hochzeit zu suchen? Hatte ich verflucht noch mal nicht Dringenderes zu tun? Warum muss ich mich in so eine beschämende Lage bringen? Das Maul zerreißen werden sich die Leute über mich und diesen Dummkopf! Warum trifft mich nicht die Strafe Gottes? Warum lässt er mich nicht auf der Stelle tot umfallen? Ich Jämmerling! Aber wozu mich ärgern, es ist alles nur die Schuld meines verflixten Vaters.« Zornig setzte er sich hin, nur um gleich wieder aufzustehen und rastlos im Zimmer umherzugehen. Dann, als wäre ihm plötzlich etwas in den Sinn gekommen, zog er seine Stiefel an, knöpfte den Achaluchi zu und griff nach seiner Tschocha. Er breitete sie aus, wollte schon hineinschlüpfen, als er sie sich näher ansah und wütend zu Boden schleuderte. Die Tschocha war an drei, vier Stellen zerrissen.

»Hol dich der Kuckuck!«, rief er und schaute zu Kirile hinüber.

Die Verwünschung weckte den Schwager.

Kirile setzte sich munter auf. »Du bist schon auf, Platon?«

Er gab keine Antwort.

»Dem Milchbart, diesem Kosta oder Prosta, haben wir's gegeben, was? Hahaha! So wahr ich lebe, das wird ihm eine Weile reichen. Den hatte ich schon lange auf dem Kieker, nun konnte ich ihn endlich mal nach Herzenslust durchwalken. Waren wir nicht großartig? Vor allem du, Platon! Ei, auf was für eine Faust ist da der Feind getroffen! Sogar ich habe versehentlich was abbekommen – ich wusste gar nicht, dass du so eine Schlagkraft hast! Dank dir werden die heute jede einzelne Rippe spüren, hahaha!«

Kiriles heiteres Geschwätz und ständiges Gelächter steigerten Platons Ärger nur noch. Schließlich ertrug er die Unbekümmertheit seines Schwagers nicht länger und schnitt ihm das Wort ab:

»Herrgott, was bist du für ein Querkopf! Was hat's dir denn gebracht? Schau dich mal an, du hast eine geborstene Braue!«

»Schlimm?«, fragte Kirile, als ob er sich nichts draus machte.

»Ziemlich.«

»Macht nichts. Auch dafür wird er mir büßen müssen, wo auch immer, wann auch immer!«

»Tu, was du nicht lassen kannst, aber sorg dafür, dass mir jemand meine Tschocha flickt, und dann mache ich mich auf den Weg.«

»Wie, die haben dir die Tschocha zerrissen? Diese Lümmel! Taugen nichts und müssen sich wie Weiber in deine

Tschocha krallen und dir die Kleider zerfetzen. Na, die habe ich aber schön blamiert!«

»Jetzt tu mir den einen Gefallen, damit ich einigermaßen anständig hier wegkomme.«

»Sofort, sofort! Lang genug geschlafen haben wir ja. Oho, die Sonne steht schon hoch!«

Er stand auf und begann sich hastig anzukleiden.

»Diese Lumpenhunde!«, rief er, als er nach seiner eigenen Tschocha griff. »Einem die Kleider zerfetzen, das können sie, glatt die Rockschöße abgerissen haben sie. Na, euch zeig ich's. Euch zeig ich's.«

Er nahm beide Tschochas, öffnete die Verandatür, steckte den Kopf hinaus und rief:

»Zazie, Zazie!«

Darauf kam barfuß ein Mädchen auf die Veranda gerannt, er streckte ihr die Tschochas entgegen und sagte:

»Mädel, bitte flick die, so gut du kannst. Uns ist ein kleines Missgeschick passiert, wir sind im Dunkeln an einem Zaun hängen geblieben. Bitte sei so lieb!«

Das Mädchen nahm ihm die Tschochas aus der Hand und trappelte wieder über die Veranda. Kirile schloss die Tür. Platon ging mit gerunzelten Brauen im Zimmer auf und ab; die Gereiztheit war ihm anzusehen, und sein Schwager hielt es für klüger, den Mund zu halten. Nach einer Weile aber ertrug er die Stille nicht mehr und rief:

»Nähen die uns neue Tschochas oder was treiben die

verflixt noch mal? Jetzt ist schon Mittagessenszeit, wir dürfen uns nicht weiter verspäten.«

Das war zu viel für Platon; er drehte sich mit ungläubigem Blick zu Kirile um.

»Ja doch«, fuhr dieser fort, »Herrgott, der halbe Tag ist schon um. Wir sollten besser aufbrechen, um zeitig anzukommen.«

»Wo ankommen?«

»Was heißt, wo ankommen? Wo wir gestern hinwollten!«

»Sagst du das im Ernst oder machst du Witze?«

»Im Ernst. Ich mache keine Witze. Warum sollen wir denn jetzt auf einmal nicht mehr hingehen?«

»Du, Freund, kannst gehen, wohin du willst, ich verzichte auf deine Reisebegleitung.«

»Was soll das, mein Lieber? Was ist denn schon passiert? Hast du je eine Hochzeit oder ein Fest erlebt, bei dem es nicht hoch hergegangen wäre? Was haben wir denn Schlimmes angestellt? Sind wir die Einzigen, denen so was wie gestern passiert, oder was? Überhaupt, was ist so besonders daran? Als ob noch nie jemand so was erlebt hätte ...«

»Mach, was du willst, ich meinerseits habe keine Zeit mehr –«

»Keine Zeit mehr, dass ich nicht lache, deine alten Weiber rennen dir nicht davon!«

»Egal, ob sie davonrennen oder bleiben, wo sie sind –

ich muss rechtzeitig wieder zu Hause sein. Ich kann nicht endlos Zeit vertrödeln!«

»Mein Lieber, was ist schon ein Tag! Ich bin manchmal Monate außer Haus, und wenn ich zurückkomme, treffe ich immer alles genauso an, wie ich es verlassen habe.«

»Jeder nach seiner Fasson!«

Mitten in dem Wortwechsel brachte das Mädchen ihre geflickten Tschochas sowie Wasser, damit sie sich waschen konnten, und bald waren die Schwäger vollständig angekleidet und reisefertig. Kirile bat inständig, noch einmal zusammen bei den Schapatadses vorbeizuschauen, konnte aber damit bei Platon in keiner Weise durchdringen, ja, dieser sagte ihm ins Gesicht, die Reise gemeinsam fortzusetzen, sei der Sache ganz offensichtlich unzuträglich. Dies alarmierte Kirile aufs Höchste; er fürchtete, dass Platon hartnäckig bleiben und nach Hause zurückkehren würde, nur um ihn loszuwerden. Deshalb sah er davon ab, nochmals bei den Schapatadses vorbeizugehen, und war bereit, ihm in allem mit sklavischem Gehorsam zu folgen, ja, er befleißigte sich sogar, die Rede auf den Zweck ihrer Reise zu bringen.

»Platon, sollen wir nicht zu der Trauerfeier gehen? Ich habe dir doch erzählt, dass heute diese Trauerfeier stattfindet.«

»Mein eigenes Trauerspiel genügt mir, Bruder, ich will mich nicht in ein fremdes einmischen«, erwiderte Platon und trat auf die Veranda. Kirile folgte ihm. Er trug einem Jungen im Hof auf, die Pferde zu holen, ließ dem Gastgeber, der sich bereits am Morgen zu Schapatadses begeben hatte, ihren Dank ausrichten, und dann schwangen sich beide auf die Pferde.

Ohne einen Mucks von sich zu geben, ritt Kirile neben Platon her. Nicht zu wissen, was in dessen Kopf vorging, peinigte ihn: Wollte sein schmollender Schwager nun zu Tante Salome oder wollte er nach Hause? Man musste den zornigen Mann ein bisschen aufheitern, sonst würde er sich in dieser Stimmung zweifellos auf den Heimweg machen. Kirile rüstete sich eine ganze Weile; lächelnd wandte er sich schließlich an den Schwager:

»Platon, hör mal, lass gut sein! Vergiss um Himmels willen, was dir gestern wegen mir passiert ist. Bist du mir denn noch immer böse?«

»Überhaupt nicht«, erwiderte Platon kühl.

»Doch, bist du, mein Lieber. Ich seh's dir doch an. Aber hat nicht auch der Apostel Petrus Christus dreimal verleugnet und hat trotzdem nicht ewige Verdammnis erfahren, sondern ist sein Lieblingsjünger geblieben? Und du kannst mir eine einzige Unannehmlichkeit, die du wegen mir hattest, nicht vergessen? Ich bitte dich, lass gut sein!«

Platon musste gegen seinen Willen lächeln. Erleichtert begann sich Kirile so um seinen Schwager zu bemühen, dass dieser tatsächlich bald alles vergaß. Auch seine eigene, gedrückte Stimmung hob sich, sodass er es wagte, die Rede unauffällig auf seine Tante zu bringen.

»Wir werden beizeiten eintreffen«, sagte er.

»Wo?«, fragte Platon.

»Bei meiner Tante.«

»So zerlumpt soll ich bei deiner Tante erscheinen?«

»Deine Tschocha ist nicht zerrissen. Man sieht ihr überhaupt nichts an, ich schwör's, deine Tschocha ist wie neu!«

Sie näherten sich bereits der Abzweigung, und Kirile begann alle Hebel in Bewegung zu setzen, damit der Schwager nicht den Heimweg einschlug: Er erzählte alles Mögliche, riss Witze, suchte ihn auf jede Art und Weise weiter aufzuheitern, dachte sich wer weiß was aus, um ihn zum Lachen zu bringen und ihn letztlich zu überreden.

So gelangten sie zu der Weggabelung, wo sie rechts abbiegen mussten, wenn sie zur Tante wollten.

Kirile legte sich noch mehr ins Zeug. Sein Schwager wusste nur zu gut, in welchem Fegefeuer er schmorte.

»Platon, Mensch, denk an den Apostel Petrus. Wie ihm vergeben wurde und von wem. Auch mir sollte vergeben werden, von dir, Mensch, ist das zu viel verlangt? Bring deine Schwester nicht gegen mich auf, wenn du ein bisschen Mitgefühl mit mir hast, denn Dariko wird toben wegen mir, lass das nicht zu, und du kannst von mir haben, was du willst! Wenn sie wegen mir in Wallung gerät, muss ich die ganze Zeit zu Hause sitzen – herz- und seelenbeklemmend ist das!

Mensch, sieh doch, was Gott gemacht hat! Ein Mal habe ich gesündigt wider dich, ein einziges Mal, Mensch! Denk an den Apostel Petrus, du grausamer, herzloser Mann! Komm, hier nach rechts geht unser Weg, rechts ist der rechte Weg!« Und damit bog er in den Weg zu seiner Tante ein.

Während er sich in Hitze redete, konnte sich Platon das Lachen kaum mehr verbeißen. Er hatte sein Pferd zum Stehen gebracht, und als Kirile nun seine Zügel ergriff und ihn nach rechts leitete, brach er in herzliches Lachen aus und folgte seinem Schwager.

»Dariko scheint dich ja ganz schön einzuschüchtern, was?«

»Wen täte sie nicht einschüchtern? Aber wenn ich sie nicht hätte, Bruder, würde kein Schwein bei uns vorbeischauen! Ich hüte mich, sie zu verärgern – viel Gutes kann sie ja ohnehin nicht von mir erwarten. Ich gebe mir die größte Mühe, aber oft vergesse ich leider sogar das. Dabei ist sie, so wahr ich dein Bruder bin, eigentlich solch ein langmütiger Mensch! Eine herzensgute Seele nennt man so jemand. Und dir merkt man's auf den ersten Blick an, dass du aus derselben Familie bist«, sagte Kirile und wiederholte lachend: »Auf den ersten Blick! Obwohl du mich ein wunderbares Mittagessen hast versäumen lassen und es auch selbst versäumt hast. Diese verflixten Schapatadses werden heute eine Menge Gäste haben, das war alles vorbereitet. Aber du warst ja so miserabler Laune, sonst hätten wir ohne weiteres bei ihnen vorbeischauen können. Und einem von denen hätte ich noch ein paar bitterböse Blicke zugeworfen, ihm einen Denkzettel verpasst! Jetzt müssen wir uns eben bis zu meiner Tante noch eine ganze Weile mit hungrigem Bauch dahinschleppen.«

»Musst du schon wieder an Schapatadse denken?« Platon lachte. »Wenn ich du wäre, würde ich besser den Mund halten. Du selbst, lieber Kirile, hast ja ziemlich was an Faustschlägen einstecken müssen, meiner Treu!«

»Keine Angst, er von mir nicht weniger. Ich hätte ihm noch ein paar mehr verpasst, wenn man ihn nicht weggezerrt hätte.« Er redete noch eine Weile über seine Bravourleistung, prahlte mit seiner Geschicklichkeit und gab den ganzen Weg über zum Besten, wo und in was für Raufereien er schon geraten war, wen er wie erledigt und welche Mannhaftigkeit er an den Tag gelegt hatte. Aber dann und wann kam ihm doch wieder in den Sinn, was für einen Schmaus er heute verpasst hatte, und diese Erinnerung wiederum verstärkte das Hungergefühl; er wurde deswegen immer zappeliger, tröstete sich aber damit, dass er unterwegs eine Schänke wusste, wo er seine von der nächtlichen Sauferei ausgedörrte Kehle netzen und auch den leeren Magen mit ein paar Happen beschwichtigen könnte.

VII

Die Sonne stand schon recht tief, als unsere beiden Reisenden sich dem Haus von Dschimscher Saloberidse näherten.

Saloberidse war der Mann von Kiriles Tante Salome und einer jener Adeligen, denen durch irgendwelche Machenschaften immer noch so viel Land geblieben war, dass sie standesgemäß leben und ihre Familie ohne Mühen sattkriegen konnten. Dschimscher war schon betagt und ein kluger, aufgeklärter Mann; deshalb hatte in seiner Familie alles seine Ordnung; Untätigkeit war hier nicht anzutreffen. Auch ließ er seinen Kindern nach Kräften eine gute Bildung zukommen. Er besaß einen wachen Geist und fand an vielerlei gesellschaftlichen Fragen Interesse; um ihn herum wurde ständig über dergleichen Themen debattiert und diskutiert. Er selbst war ein guter Redner, und in seiner Gegenwart löste sich auch anderen die Zunge und wuchs die Redebegeisterung. Wohlhabend, großzügig und gastfreundlich, wie er war, hatte Saloberidse beinahe täglich Gäste im Haus: Leute, die zum Reden kamen, um Rat zu suchen, Beistand zu erbitten oder einfach so, um ihn zu sehen und die freundschaftliche Verbindung nicht abreißen zu lassen. Besonders junge Leute trafen sich gerne bei den Saloberidses; denn dort wurden sie von einem gastfreundlichen Hausherrn empfangen, der zu unterhalten wusste, bei dem sie frank und frei scherzen, Esprit versprühen, ihren Scharfsinn zeigen konnten; für sie war es ein Vergnügen, ihre Zeit mit diesem eloquenten und Begeisterung verströmenden alten Mann zu verbringen.

Auch an diesem Tag hatte sich die Jugend in seinem Haus versammelt. Nach einem fröhlichen Gelage fanden sie sich unter Gelächter, Gejohle und Stimmengewirr auf der geräumigen Veranda ein. Die Tafel im Speisezimmer war noch nicht abgetragen, denn das Mittagessen war eben erst zu Ende gegangen.

Kirile und Platon waren kaum in den Hof gebogen, als die jungen Leute schon »Kirile, Kirile!« riefen.

Dieser war höchst erfreut über die versammelte Schar; er stieß einen eigenartig gellenden Schrei aus, ließ die Peitsche knallen und lenkte sein Pferd, pfeilschnell über den weiten Hof preschend, zur Verandatreppe. »Heißa, heißa!«, brüllte er.

»Der Teufelskerl hat bestimmt einen sitzen. Wenn er sich nur nicht was bricht«, brummte Dschimscher und rannte mit den anderen zur Treppe.

Plötzlich verlor das Pferd auf den Stufen den Halt, stolperte und fiel auf die Flanke. Auch Kirile stürzte, sprang aber sofort flink wieder hoch und blieb keuchend stehen, umringt von den jungen Leuten.

»Was soll dieses Draufgängertum, junger Mann?«, wandte sich Dschimscher an ihn.

»Grüß dich, Onkel, und verzeih, mein Lieber!«

Auch Platon kam, nachdem er abgestiegen war, die Veranda herauf, begrüßte erst Kiriles Onkel und danach die Umstehenden.

Kirile sah ins Speisezimmer, und als er die Tafel erblickte, rief er aus:

»Das ist der Grund, warum ich so gerne hierherkomme! Juchhe! Mein lieber Onkel, du bist einfach der Beste!« Er trat an den Tisch, griff nach der ersten, zweiten, dritten Weinflasche, und als er alle leer vorfand, rief er Dschimschers Tochter zu, die mit einem Tablett herumging und den Gästen Tee anbot:

»Statt mit dem Tee da herumzuscharwenzeln, liebe Weriko, bring mir lieber eine Flasche Wein!«

»Trink erst eine Tasse Tee, ich hole dir den Wein später«, erwiderte sie.

»Sei so gut, liebe Weriko, hol mir eine Flasche, schnell, jetzt gleich!«

»Na gut«, sagte Weriko und reichte weiter Tee herum.

Er war betrunken, und Platon ließ ihn nicht aus den Augen. Unterwegs in der Schänke hatten sie zu seinem Verdruss Bekannte von Kirile getroffen, und Platon hatte die allergrößte Mühe gehabt, seinen Schwager von ihnen wegzulotsen. Nun, angesichts der Flaschen auf dem Tisch, verlangte Kirile so hartnäckig nach Wein, dass es vollkommen vergeblich war, es ihm auszureden. Mit allen möglichen Kniffen versuchte man ihn aus dem Zimmer und auf die Veranda zu locken; man versprach ihm, den Wein gleich zu bringen, hier, sofort. Aber schließlich merkte selbst Kirile, dass niemand ihm seine Bitte erfüllen würde; er brauste zornig auf und wurde böse. Platon trat zu ihm und sagte:

»Was ist los, Kirile? Es gehört sich doch nicht, alle hier so zu verärgern. Beruhige dich, Junge! Hör auf, allen lästig zu fallen!«

Kirile schaute ihn nur schräg an und rief:

»Wen alle, Mensch, wen alle belästige ich? Bist du etwa ›alle‹? Sag doch, was los ist! Und keine Sorge, ich finde dir nicht nur eine, nein, zehn Stiefmütter! Onkel, sollte ich dich belästigen, entschuldige ich mich, und frag bitte schön den hier mal, was ihn so aufbringt –«

»Sei still, Junge!«, fuhr ihn Platon an, panisch, dass Kirile noch mehr verraten könnte.

»Der ist doch nicht ganz bei Trost?! Sucht ein kinderloses altes Weib als Stiefmutter! Wie soll ich ihn belästigt haben, frage ich euch – dabei folge ich ihm wie ein Jagdhund hinterher! Onkel, vielleicht kennst du ja irgendwo in der Gegend eine kinderlose Alte und kannst das Herz dieses jungen Manns besänftigen!«

Platon erstarrte und wäre vor Scham am liebsten im Boden versunken. Er war drauf und dran, sich auf den stockbetrunkenen Kerl zu stürzen, der kaum mehr bei Sinnen war, auf niemanden mehr hörte und ihm in kürzester Zeit solche Scherereien bereitet hatte. Aber er beherrschte sich, murmelte etwas vor sich hin, ging auf die Veranda zurück und lehnte sich an einen Geländerpfosten. Er kochte vor Wut.

Drinnen ließ Kirile immer noch nicht locker.

»Kosta!«, rief er einem jungen Bediensteten im Speisezimmer zu. »He, Kosta, bring Wein! Hörst du nicht?«

»Sofort, mein Herr«, sagte der Junge und stürzte hinaus.

Doch niemand brachte ihm Wein.

»Weriko, steht es bei euch so schlecht, dass euch der Wein ausgegangen ist?«, rief er seiner Cousine zu.

»Kommt sofort«, erwiderte sie und ging ihm ebenfalls eilig aus dem Weg.

Nachdem er eine Weile so hingehalten worden war, verlor er schließlich die Geduld; er sah sich stirnrunzelnd im Speisezimmer um, griff nach seinem Hut und ging mit raschen Schritten hinaus, über die Veranda und in den Hof hinunter, wo sein Pferd inzwischen stand.

»Wohin, junger Mann?«, rief ihm Dschimscher nach.

Kirile gab keine Antwort, sondern schwang sich in den Sattel, lenkte das Tier zur Veranda zurück und rief Platon im Befehlston zu:

»Los, wir gehen, Platon! Hörst du nicht?«

»Du bist wohl übergeschnappt?!«, erwiderte Platon von der Veranda herunter.

»Wohin, junger Mann?«, fragte Dschimscher erneut. »Wohin willst du?«

»Hörst du nicht, was ich sage? Steig sofort auf dein Pferd oder …«

»Nimm dich zusammen, junger Mann!«, versuchte es Dschimscher noch einmal. »Krügeweise Wein kannst du hinunterschütten, wenn dir der Sinn danach steht!«

»Schande über alle, die deinen Fusel trinken! He, Platon, hörst du nicht gut?«

Dschimscher blieb sprachlos. Platon lehnte sich über das Geländer und rief verärgert:

»Was um Gottes willen ist in dich gefahren, Kirile? Wie kannst du so ausrasten?«

»Kommst du oder kommst du nicht?«

»Wohin, Mensch?«

»Also nein?!«, brüllte Kirile, riss sein Pferd herum und pfeilte mit gezogenem Schwert auf Platons Reittier zu.

»Er bringt das Pferd um, er bringt das Pferd um!«, schrie jemand von der Veranda, und zweifellos hätte Kirile es ernstlich verletzt, wäre Platon nicht hinuntergestürmt und hätte einen Stein auf sein Tier geworfen, sodass es erschrocken zur Seite sprang. Den Betrunkenen indes brachte der mächtige Rechtsschwung seines Schwerts, der ins Leere ging, so aus dem Gleichgewicht, dass er sich nicht mehr im Sattel halten konnte und schwer auf die Erde schlug.

Er wäre beinahe in sein eigenes Schwert gestürzt. Geschrei und Gekreische brach aus, alles stob in seine Richtung, Platon an der Spitze.

»Zu Hilf, zu Hilf!«, rief eine ältere Frau, die, Weriko auf den Fersen, ebenfalls auf Kirile zuhastete.

Der rappelte sich hoch, hob sein Schwert auf und ging mit gezückter Waffe auf seinen Schwager zu. Einer der jungen Männer jedoch stellte sich vor Platon, fiel Kirile in den Arm und zwang ihn, das Schwert in die Scheide zu stecken.

»Kirile, mein Sohn, was ist denn los, was ist mit dir, mein lieber Junge?«, fragte ihn die alte Frau besänftigend. Es war seine Tante Salome, aber er hörte sie gar nicht, sondern schwang sich, stumm vor Wut, auf sein Pferd, zog ihm die Peitsche über und preschte unter Hufgeklapper zum Tor.

»Macht ihm auf, macht dem Teufel das Tor auf, dem Schandkerl!«, brüllte Dschimscher.

»Was soll das, was ist denn das für eine Art?«, fuhr Salome ihren Mann an. »Hältst du das für klug?«

Sie blieb wie angewurzelt stehen und schaute besorgt ihrem Neffen nach, der wegabwärts sprengte und von dem nur noch der Hut, wie vom Wind ergriffen, über den hohen Zaunpfählen zu sehen war.

»Was ist denn passiert?«, fragte sie bekümmert. »Wer hat den Unglücksraben nur so in Rage gebracht?«

Platon selbst war außer sich vor Wut und Sorge.

»Warum bin ich nicht einfach tot? Warum habe ich mir nicht besser beide Beine gebrochen, statt mit ihm mitzugehen?«, rief er in seinem Elend immer wieder.

»Nichts zu machen, mein Sohn, deine Schuld ist das nicht. Mit dem Teufelskerl ist es immer dasselbe! Gott sei Dank, sind wir noch glimpflich davongekommen.« Dschimscher lachte nun.

»Was ich seinetwegen in den letzten zwei Tagen durchgemacht habe, hoch und heilig, ich weiß nicht, ob irgendwer irgendwann wegen so eines Kerls schon solche Schwierigkeiten erleben musste«, sagte Platon traurig und erzählte, in was für eine Geschichte er bei den Schapatadses geraten war, wie Kirile sich in der Kneipe unterwegs betrunken und wie er ihn mit Müh und Not hierhergebracht hatte. Die bisherigen Scherereien hatten ihm schon gereicht, nun, nach diesem neuen Zwischenfall, war er der Verzweiflung nahe. Deshalb sprach er auch in einem Ton, der bei jedermann Mitgefühl hervorgerufen hätte, wäre die Geschichte selbst nicht so komisch gewesen.

»Der Unselige wird irgendwo runterstürzen, und dann geschieht wirklich ein Unglück«, murmelte Salome besorgt.

»Nicht doch, jetzt hör auf, dir Sorgen zu machen!«, sagte Dschimscher.

»Gewiss, o Gott, o mein Gott!«, seufzte Salome und ging ins Haus.

Platons Erzählung indes hatte den Anwesenden viele andere Abenteuer aus Kiriles Vergangenheit in Erinnerung gerufen, und bald gab es auf der Veranda erneut Gelächter, Gejohle und Gewitzel. Die gute Laune machte sich wieder breit, und alle amüsierten sich so prächtig wie zuvor.

VIII

Platon war noch lange verstimmt, saß mit einem Tee vor sich allein an einem kleinen runden Tisch in einer Ecke des Speisezimmers und konnte sein Herz einfach nicht beruhigen. Er beschimpfte und verfluchte sich selbst, dass er sich auf die Reise mit diesem Verrückten eingelassen und all diese Ärgernisse und Plagen durchgestanden hatte. Die Plagen waren das eine, viel schlimmer noch quälte ihn die Scham darüber, dass dieser verfluchte Kirile in aller Öffentlichkeit lauthals sein Geheimnis verkündet hatte. Natürlich würde das ein gefundenes Fressen für diese jungen Leute sein, die von morgens bis abends nur damit beschäftigt waren, jemand zu finden oder sich irgendetwas auszudenken, worüber sie witzeln, lachen oder spotten konnten. Er grämte sich zu Tode deswegen und befand sich in einer Stimmung, dass er bereit war, seinen Plan fahren zu lassen, die Suche aufzugeben, nach Hause zurückzukehren und allem seinen Lauf zu lassen, egal, was kommen mochte.

»Wahrhaftig ein schönes Plätzchen haben Sie sich da ausgesucht! Ein belebendes Getränk belebt auch das Gespräch, habe ich nicht Recht?«

Mit diesen Worten nahm lächelnd ein etwa sieben- bis neunundzwanzigjähriger junger Mann neben Platon Platz.

»Gestatten Sie, ich bin Aristo Kwaschawidse, Edelmann. Wenn wir uns miteinander bekannt gemacht haben, werden Sie, hoffe ich, mich keinen schlechten Menschen nennen. Das behaupte ich freiheraus! Ein hochgesinnter Mensch ist für einen anderen hochgesinnten Menschen immer als solcher zu erkennen. Auch wenn ich Ihnen meinen Edelsinn noch mit nichts bewiesen habe, hege ich doch die Hoffnung, Ihnen diesen bald vor Augen führen zu dürfen, jawohl!«

Platon war peinlich berührt und wusste nicht, was erwidern, wie er dem sonderbaren Mann antworten sollte. Außerdem hatte dieser ihm die Worte so atemlos und hastig entgegengeschleudert, dass ihm der Überraschungsangriff alle Aufmerksamkeit abforderte und er zu gar keiner Erwiderung fähig war – er konnte Kwaschawidse nur sprachlos anstarren. Glücklicherweise schien der junge Mann ihn auch überhaupt nicht zu Wort kommen lassen zu wollen, sondern war erpicht darauf, seine Rede, die sich als nicht gerade kurz erwies, zu Ende zu führen.

Nachdem er sich Platon ausführlich vorgestellt hatte und der Meinung war, dieser kenne ihn nun zur Genüge, rückte er näher an ihn heran und fragte, die Stimme senkend:

»Sind Sie wirklich auf der Suche nach einer Stiefmutter? Ich frage Sie das als ehrenwerten Mann ... Sind Sie wirklich auf der Suche?«

Platon sperrte die Augen auf. Was fragte dieser Kerl danach? Worauf wollte er hinaus? ›Siehst du‹, dachte er, ›da habe ich das Geschenk, alles nur wegen Kirile!‹

»Sie sind auf der Suche, nicht wahr?«, wiederholte Aristo, da Platons Antwort auf sich warten ließ. »Nicht wahr?«

»Mein Herr, ich bitte Sie, was ein dummer, besinnungslos betrunkener Kerl daherquatscht, ist doch nicht für bare Münze zu nehmen –«

»Nein, nein!«, unterbrach ihn Aristo. »Nein, bei meiner Ehre, ich meine es ernst – sagen Sie's mir!«

»Ich muss schon sehr bitten!«

»Sie dürfen nicht denken, dass ich Sie das mit irgendeinem Hintergedanken oder einer bösen Absicht frage. Denken Sie daran, Sie kennen mich noch nicht, das ist wahr, aber wenn Sie mich besser kennen, werden Sie mich wie gesagt nicht als schlechten Menschen sehen, und ich frage Sie daher freiheraus –«

»Mein Herr, warum –«

»– Sie sind ja selbst von nobler Abstammung und edler Gesinnung, deshalb frage ich, ein hochgesinnter Mensch, Sie als ebenso hochgesinnten Herrn, sagen Sie mir: Suchen Sie wirklich eine Stiefmutter?«

Angesichts der Hartnäckigkeit dieses sonderbaren Menschen vermochte Platon mit seinem Geheimnis nicht länger hinter dem Berg zu halten.

»In der Tat, ich bin auf der Suche nach einer Stiefmutter«, bekannte er.

»Haben Sie einen Bruder?«

»Nein.«

»Eine Schwester?«

»Ja, sie ist verheiratet.«

»Gratuliere! Sie sind ein glücklicher Mann! Und jetzt suchen Sie eine doppelt verwitwete, kinderlose Stiefmutter, weil Sie fürchten, Ihr Gut sonst mit einem Halbbruder teilen zu müssen – das war leicht zu erraten. Betrachten Sie mich als Vertrauensmann, vorausgesetzt, Sie zweifeln meine Ehrenhaftigkeit nicht an, wozu ich Ihnen hoffentlich keinen Grund gegeben habe –«

»Wie kommen Sie darauf? Natürlich nicht!«, versetzte Platon.

»Nein, nein! Ich bin nicht einer, der sich ein hinterlistig entrissenes oder versehentlich entschlüpftes Wort zunutze macht. Das wäre unter meiner Würde, da können Sie gewiss sein! Wenn Sie mir vertrauen und mir Glauben schenken, kann ich Ihnen tatsächlich genau so eine Frau angeben, eine, die wie gemacht ist für Sie und die zu haben ist. Sie dürfen nicht glauben, ich beschwindle Sie. Sonst will ich auf der Stelle tot umfallen! Ich bin auch kein Kuppler wie so manche, denken Sie das nicht! Dieses Gewerbe wäre ebenfalls weit unter meiner Würde!«

»Selbstverständlich!«

»Ich sage das, weil Sie vielleicht auf solche Gedanken kommen könnten. Nein, diese Frau ist genau auf Ihre Wünsche zugeschnitten – sie ist zweimal verwitwet, hatte nie Kinder, und sie ist dazu auch gar nicht alt. Sie ist sanft, still, herzensgut, nicht unhübsch, wenn auch in ihrer Jugend nicht gerade ein großer Wirbel um ihre Schönheit gemacht wurde.«

»Und das alles wissen Sie mit Sicherheit?«

»Und ob ich das weiß! Mein Lieber, wer zum Teufel wüsste besser Bescheid über meine Tante als ich! Ich will es nicht länger verheimlichen, ich spreche von meiner Tante, und ich habe nur darum so hartnäckig gefragt, weil du von Anfang an mein Herz gewonnen hast. Deshalb auch bin ich darauf aus, dass wir Schwäger werden, uns verwandtschaftlich verbinden, sonst hätte ich niemals ein Wörtchen gesagt. Ich sage jedoch auch klipp und klar: Ich werde einiges an Überzeugungskraft aufbringen müssen, damit sie einwilligt. Aber was tut ein Ehrenmann nicht alles für einen anderen Ehrenmann …«

»Wo wohnt denn Ihre Tante?«, fragte Platon interessiert.

»In Kwedureti.«

»In Kwedureti?«

»Ja! Überrascht Sie das?«

»Soso … Man hat mir nämlich bereits von einer Frau in Kwedureti erzählt –«

Aristo schnitt ihm das Wort ab. »Wer? Wer hat Ihnen von ihr erzählt?«

»Nun, einfach so im Gespräch ist die Rede auf sie gekommen, sonst –«

»Im Gespräch mit wem, sagen Sie's mir doch bitte.«

»Mit diesem Advokaten, Iwane Gwerdewanidse, vielleicht kennen Sie ihn.«

»Oje, oje … Und auf Iwanes Wort hören Sie? Natürlich kenne ich ihn, und zwar bestens, er ist mein Onkel, der niederträchtige Schurke, der … Wer würde dem schon Glauben schenken? Der ist fortwährend nur auf Betrügereien aus. Was zum Teufel erwarten Sie von dem?«

»Nicht doch, mein Freund, er hat die Frau in keiner Weise schlechtgemacht, im Gegenteil, er hat sie gerühmt, sogar sehr gerühmt.«

»Menschenskind, warum hast du das nicht gleich gesagt, von Anfang an? Jetzt habe ich meinen Verwandten umsonst beschimpft, bin zu schnell in Hitze geraten … Ich weiß auch nicht, aber heutzutage kann man ja über niemand mehr sprechen, ohne dass einem gleich böses Geschimpfe und Gerede über ihn entgegenschlägt. So wie ich eben dachte, mein Onkel hätte seine eigene Verwandte heruntergemacht. Er hat Ihnen also von Bregadses Witwe erzählt?«

»Ja, ganz recht.«

»So ist das also … Aber schau, mein Bester, wir werden doch wohl kaum geplant haben können, beide denselben

Menschen so zu rühmen? Wahrscheinlich ist da Gottes Hand im Spiel, denn wann, bitte schön, trifft man bei uns schon auf zwei mit derselben Meinung?«

»Aber Gwerdewanidse weiß doch gar nicht, in was für einer Angelegenheit ich unterwegs bin.«

»So ist das also … Genau das meine ich, mein Lieber und Bester! Als mein Onkel die Tante erwähnte, hat Gott ihn geleitet und dir Seinen Willen durch Iwanes Mund kundgetan. Strebe nirgendwo anders hin, so lautet Seine Botschaft. Was du suchst, wirst du eben dort finden – das ist ein Fingerzeig Gottes. Gott liebt dich, das ist gewiss. Pardon, wie war Ihr Name? Ah ja, Platon, Gott liebt dich, Platon, deshalb genug der Worte, beschließen wir die Sache! Reichen wir einander die Hand auf unsere Verbrüderung!« Und Aristo streckte ihm die Hand entgegen.

Platons Verwirrung stieg, und Zögern erfasste ihn nun, wo er eine Entscheidung treffen sollte. Zwar schienen ihm Aristos Worte eigentlich glaubhaft. Diese Frau musste wahrhaftig für Bekina bestimmt sein. Warum sonst hätten vom Augenblick an, da er seinen Hof hinter sich gelassen hatte, alle nur von dieser Frau gesprochen – vom Zufallsweggefährten bis zur Zufallsbekanntschaft? Zweifellos war sie seinem Vater vorbestimmt. Gleichzeitig jedoch fiel es ihm schwer, einen Entschluss zu fassen. Was, wenn anderswo eine bessere Kandidatin zu finden wäre und er sich mit einer schnellen Entscheidung alles verdürbe?

»Ihre Tante ist doch zweimal verwitwet, nicht wahr?«, fragte er nach, um sich Gewissheit zu verschaffen und die Bestätigung noch einmal zu hören.

»Natürlich, sie war zweimal verheiratet. Erst mit Uznobladse, dann mit Bregadse.«

»Und mit keinem von beiden hatte sie Kinder?«

»Bei meiner Ehre, sie hat ihr Lebtag nie Kinder gehabt!«

»Und mit Uznobladse war sie lange verheiratet?«

»Fünfzehn Jahre.« Ariston lachte.

»Fünfzehn Jahre! Und mit Bregadse?«

»Acht!«, erwiderte Ariston wieder unter Lachen.

»Acht.«

Aristo konnte sich kaum mehr halten vor Lachen. »Jawohl, acht! Viel zu lange!«

»Ich kann mir nicht helfen: Die Not bringt mich auf tausend dumme Gedanken und lässt mich auch noch kopflos daherreden«, sagte Platon, ebenfalls lächelnd. »Acht Jahre … Und auch mit ihm hatte sie keine Kinder?«

»Nein, sag ich doch, nein!«, entgegnete Aristo, nun schon ungeduldig. »Du brauchst nicht länger hin und her zu reden. Morgen früh gleich nach dem Aufstehen reiten wir hin, suchen die Frau auf, einigen uns und bringen das Ganze zu einem Abschluss, fertig! Hier, meine Hand drauf! Morgen geht's nach Kwedureti! Beschlossene Sache.«

Platon saß reglos da und schaute auf Aristos Hand. Er zögerte immer noch, konnte sich nicht zu einer Entscheidung durchringen.

»Also, wie steht's?«

»Geben Sie mir noch etwas Zeit. So plötzlich –«

»Tja, man sieht Ihnen den Zauderer gleich an! Wie können Sie bloß so zögern und zweifeln! Die Sache ist doch glasklar – was braucht's da noch Bedenkzeit und Auf- und Hinausschieben!«

»Nein, nein, so ohne Bedenkpause kann ich mich nicht entscheiden; ich lasse Sie meine Antwort ein wenig später wissen. Das ist bestimmt besser«, beharrte Platon.

Kwaschawidse versuchte alles Mögliche, um ihm doch noch eine Zusage zu entlocken, aber umsonst.

»Meiner Treu, bist du eine harte Nuss! Wirklich schwer zu knacken. Tja, kann man nichts machen! Nun, dann gib mir deine Antwort vor dem Abendessen, und bis dahin gedulde ich mich eben.«

Das Thema war also vorläufig, bis zum Abendessen, als beendet zu betrachten. Beide schwiegen, bis sie auf ein neues Gesprächsthema verfielen.

»Jetzt ist unser Tee ja eiskalt geworden!« Aristo griff nach seiner Tasse. »Wenn du nicht so viel Zeit versäumt hättest, könnten wir ihn beide jetzt noch warm trinken.«

»Kalter Tee ist gesund für die Zähne«, erwiderte Platon.

»Auch wahr!«, sagte Aristo, leerte den Tee in einem Zug

und ging mit Tasse, Untertasse und Löffel auf die Veranda, um sie einem Bediensteten zu übergeben.

Dort herrschten immer noch Gelächter und Fröhlichkeit.

»Hast du etwa versucht, Platon zu dir nach Hause einzuladen, dass du dich so hartnäckig an ihn herangemacht hast?«, spöttelte einer der jungen Leute.

»Ich glaube, da hast du aber eine Abfuhr bekommen! *Willst was gelten, mach dich selten!*«, deklamierte ein anderer auf Russisch. »So heißt es doch, nicht wahr, Aristo?«

»Man sieht's ihm gleich an! Sogar die ganze Ausrüstung hat er dabei! Hahaha!« Damit war das Teegeschirr gemeint, das Aristo noch immer in Händen hielt.

»Wie? Hat Aristo so einen schlechten Ruf, dass er einen Gast unter Bitten und Flehen zu sich einzuladen muss?«, frotzelte Dschimscher.

»Nicht einladen, vielmehr hinlocken muss er ihn, hinlocken! Nicht jeder ist schließlich so dumm wie ich!«, rief ein eleganter, hochgewachsener junger Mann mit einem hübschen Gesicht.

»Wie war das noch mal, Kote, als er dich eingeladen hat?« Die ganze Gesellschaft brach in Gekicher und Gelächter aus.

»Lasst gut sein, erinnert mich nicht daran!«

»Jetzt gibt's kein Halten mehr!«, sagte Aristo schmunzelnd und machte gute Miene zum bösen Spiel.

»Erzähl, erzähl!«, rief es von allen Seiten. »Dschimscher kennt die Geschichte noch nicht.«

»Ja, Herrschaften, ich war tatsächlich so dumm und einfältig und habe die Gastfreundschaft dieses Taugenichts in Anspruch genommen. Er hat einfach nicht lockergelassen, aus freiem Willen wäre ich niemals hingegangen, ich schwör's euch! Erst habe ich immer wieder abgelehnt und dann, als nichts mehr half, sagte ich mir, er wird's mir übelnehmen, besuche ich ihn eben. Also habe ich mich aufgerafft und auf den Weg gemacht. Es war April, das weiß ich noch, da ich mir sagte, ich blamiere ihn nicht, denn er wird mir doch wohl noch Wein vom letzten Jahr anbieten können. Seinetwegen bin ich also noch und noch durch Schlamm gestapft, noch und noch über Zäune gesprungen, ich bin kaum durchgekommen, in so einem Zustand waren die Wege. Schließlich und endlich bin ich müde und erschöpft angelangt. Ich sage mir, jetzt kann ich erst mal ein wenig ausruhen, komme also an und schaue in den Hof – aber kein Haus weit und breit. Da und dort ein paar Bretter. Offenbar waren sie dabei, ein neues Haus zu errichten, es standen nur Pfeiler, und wie zum Jux hing eine einzelne Tür im Rahmen. Ich gehe weiter in den Hof hinein, schau mich um, schau mich um, Wut kocht in mir hoch, der kann mich mal gernhaben!, ich wende das Pferd und reite zornentbrannt zurück. Unterwegs begegne ich einem Mann und frage ihn nach Aristo Kwaschawidses Haus. ›Wo soll Aristo ein Haus haben, mein Herr, außer ein paar Brettern hat er nichts.‹ Offenbar wollten die Kwaschawidse-Brüder den Familienbesitz unter sich aufteilen und hatten das Haus Brett für Brett auseinandergenommen, aber das Material reichte nicht für zwei ganze Häuser, sodass sie schlussendlich ganz ohne Haus dastanden. Deshalb müssen sie jetzt mal hier, mal dort unterkommen, sie vagabundieren herum – möge Gott sie zur Ruhe kommen lassen. Nur, kann mir mal einer sagen, warum er mich überhaupt zu sich einlädt, wenn er gar kein Haus hat?«

»Ich habe dich vor der Aufteilung eingeladen. Du hättest mich vorher besuchen sollen. Das war nicht meine Schuld. Nicht wahr, Dschimscher? Sei es, wie es wolle … Wenigstens bist du an dem Abend ganz schön zum Bechern gekommen, oder etwa nicht?« Aristo lachte.

»Das ja. Treffe ich auf dem Rückweg nicht tatsächlich auf meinen Gastgeber! Ich habe ihn mit allen möglichen Beschimpfungen überschüttet und ihn angefahren, ob er sich verdammt noch mal nicht schäme, mich so anzulügen! Vor Wut geplatzt bin ich. Und der da hat nur gelacht. Ich habe den Gauner angefleht, mich müden, halb toten Mann irgendwo ausruhen zu lassen, mich mitzunehmen, wohin auch immer er gerade unterwegs war. Er hat mich tatsächlich mitgenommen, zum Vater eines seiner Patenkinder. Einen schönen Paten hat sich der für sein Kind da ausgesucht! Er brachte mich also zu diesem Bauern. Der

Bauer hat sich ins Zeug gelegt, aber mächtig! Was der uns alles aufgetischt und angeboten, wie der uns bewirtet hat! Der Teufel hier aber hat sich betrunken und hat das ganze Geschirr zerschlagen. Noch jetzt, wenn ich daran denke, vergehe ich vor Scham.«

»Hast du dir nicht auch ganz schön einen angetrunken? Zum Saufen warst du ja schließlich hergekommen, was nimmst du mir das immer noch übel, Bruder? Du hast dich dank mir gut unterhalten, ich habe meine Schuldigkeit getan! Was willst du mehr?«

»Das war alles der großartigen Bewirtung dieses Mannes zu verdanken, nicht deiner!«

»Weil ich dabei war. Wenn du allein dort angekommen wärst … Aber wenn du mal mit deinen Faxen angefangen hast, bist du vor morgen nicht fertig!« Aristo machte eine geringschätzige Geste und ging wieder ins Haus.

Kote Baldawadse jedoch schmückte seine Geschichte inmitten allgemeinen Gelächters noch weiter aus. Unterdessen machte sich Aristo auf die Suche nach Salome, die bestimmt schon dabei war, sich um das Abendessen zu kümmern.

IX

»Mädel, wo ist Salome?«, fragte er Dschimschers kleine Tochter.

»Hinten, auf dem Balkon, mein Herr«, erwiderte das Kind.

Aristo eilte auf den Balkon, trat auf Salome zu und sprach sie diskret an:

»Verzeihung, haben Sie einen Augenblick Zeit?« Und er bat sie ins Haus. »Ich bitte um Entschuldigung, wenn ich Sie von Ihren Pflichten abhalte«, begann er, nachdem er die Tür des Hinterzimmers geschlossen hatte. »Ich möchte Sie in einer geringfügigen Angelegenheit um Unterstützung bitten. Im Namen Ihres Mannes und Ihrer Kinder, Ihrer wunderbaren Familie, helfen Sie mir … Viele werden schon in Ihrer Schuld stehen und für Sie beten, wenn nun noch ich hinzukomme, wird Ihnen dadurch nichts abgehen … Es geht um eine gute Tat, und Gott wird Ihnen nur noch gnädiger sein, als er es jetzt schon ist.«

Salome sah den Mann, der diese sonderbaren und ihr völlig unverständlichen Reden schwang, verdutzt an.

»Worum geht's denn, Aristo?«

»Ich komme gleich darauf zu sprechen, in einem Augenblick ... Ich möchte nämlich erst an Ihr Mitgefühl für meine Tante väterlicherseits appellieren, meine arme Tante, diejenige, die mit Bregadse verheiratet war.«

»Wie? Es ist ihr doch nichts zugestoßen, oder?«

»Doch, es ist ihr was zugestoßen. Ihr Leben ist zu einer Hölle geworden, wie Sie sie Ihrem ärgsten Feind nicht wünschen. Sie befindet sich in den Händen von reißenden Wölfen! Sie werden ja von der Misere und Schande der Bregadses gehört haben. So eine Frau und gerät mit dieser Familie in eine so ausweglose Lage! Was für eine schreckliche Familie! In die Hände von Schurken ist sie geraten! Sie dauert mich sehr, die arme, bemitleidenswerte Tante, gleichzeitig beschämt es mich, nirgends offen sagen zu können, dass ich mit der Familie verwandt bin. Die sind arm, mittellos, gehen am Bettelstab, sagt man und meint damit genau diese Familie! Sie bekämpfen einander und giften sich gegenseitig an ... Zu Besuch kann man nicht mehr gehen, sie können keine Gäste mehr empfangen, und auch selbst zeigen sie sich nicht mehr in der Öffentlichkeit, sie hocken nur untätig herum, zanken und streiten sich ständig. Obwohl ich ein naher Verwandter bin, kann ich mich bei ihnen nicht blicken lassen, nicht einmal ein einziges Mal im Jahr kann ich meine arme Tante besuchen. Wie auch? Denken Sie, man geht hin, sie empfangen einen, haben Gästezimmer, Haus und Hof, zu essen und zu trinken? Ach woher denn!

Mein eigen Fleisch und Blut kann ich nicht besuchen, nicht einmal ein oder zwei Mal im Jahr, das ist doch unerhört! Ich kann mich nur schämen, eine Verwandte in einer solchen Lage zu haben! Das ist wirklich beschämend, glauben Sie mir! Aber nun ergibt sich diese Chance, und ich liege Ihnen hier zu Füßen … Versagen Sie mir Ihre Unterstützung nicht … Tun Sie etwas für die ewige Seligkeit. Helfen Sie der armen, kummerbeschwerten, geplagten, gepeinigten, gemarterten Frau! Helfen Sie ihr, und Gottes Beistand wird auch Ihnen sicher sein!«

»Ja, aber wie denn, Aristo?«, fragte Salome erstaunt und beinahe zu Tränen gerührt von Aristos Redeschwall. »Wie denn?«

»Nur ein Wort von Ihnen, mehr ist nicht nötig, ein einziges Wort! Ihr Neffe hat einen gewissen Samanischwili hierher mitgebracht« – Aristo senkte die Stimme – »dieser Samanischwili hält Ausschau nach einer Stiefmutter, zweimal verwitwet und kinderlos soll sie sein …«

Salome musste lächeln.

»Sein Vater hat sich in den Kopf gesetzt, nochmals zu heiraten, und der Sohn will verhüten, dass er sein Gut mit einem Nachkömmling teilen muss. Deshalb sucht er eine zweimal verheiratete, kinderlos gebliebene Frau als Stiefmutter. Wahrhaftig! Und meine Tante väterlicherseits entspricht der Gesuchten, wie man so sagt, haargenau.«

Salome überlegte. Dann sagte sie:

»Elene hat tatsächlich nie Kinder gehabt.«

»Nein, nie! Der Teufel soll mich holen, wenn ich lüge! Und Sie hätten es ja erfahren müssen in der langen Zeit, die Sie sie schon kennen.«

»Gut zwanzig Jahre!«

»Na also, in den zwanzig Jahren hatte sie keine Kinder, außerdem hat sie ziemlich spät zum zweiten Mal geheiratet. Und jetzt soll sie noch Kinder kriegen können? Unmöglich, da lege ich meine Hand ins Feuer, halte meinen Kopf hin, was ihr wollt … Wie soll die noch Kinder kriegen!« Aristo ereiferte sich.

»Und wie soll ich jetzt behilflich sein, mein lieber Aristo?«

»Empfehlen Sie dem Samanischwili Elene als Stiefmutter. Fragen Sie ihn ein bisschen aus, erkundigen Sie sich nach Neuigkeiten, und wenn die Rede darauf kommen sollte, wird er Sie zweifellos um Ihren Rat fragen. Das ist es, worum ich Sie bitte, tun Sie mir den Gefallen, Ihren Worten wird der Mann Gehör schenken, rühmen Sie ihm meine Tante, erlösen Sie die arme Seele, helfen Sie der Unglücklichen. Der junge Mann ist offenbar einziger Sohn der Familie. Er scheint zwar ein bisschen dickköpfig, aber auch rechtschaffen. Natürlich liegt auch mir viel daran, ihn als meinen Verwandten zu haben, ich kann ihn besuchen, er kann mich besuchen, wir können Freud und Leid miteinander teilen … Mit einem Wort, wie soll ich's sagen … Bitte, meine Liebste,

Teuerste, bitte ...« Und nach Worten ringend griff er sich, das Kinnbärtchen gereckt, mit flehender Geste an die Kehle, während sich sein Gesicht zu einem seltsamen, bittenden Grinsen verzerrte. »Bitte, meine Teuerste, ich werd's dir nie vergessen, nie!«

»Einverstanden, natürlich, Sie brauchen doch nicht so inständig zu flehen!«

»Gott vergelt's dir, meine Teuerste!«

»Schon gut, schon gut.«

»Wie in aller Welt und womit kann ich mich je erkenntlich zeigen!«, rief Aristo, stürzte sich auf Salomes Hände und begann sie mit Küssen zu bedecken.

»Mein lieber Mann, nichts zu danken. Wenn sich nur alles zum Guten wendet und –«

»Das wird es, das wird es. Jetzt wird alles gut. Und bei meiner Ehre, ich mache diesen Lumpensöhnen das Leben schwer! Denen werd ich's zeigen! Sodass sie am Ende das Witwenteil herausrücken müssen. Dann haben sie auch wirklich Grund, mich einen Bösewicht zu nennen. Aber nun, liebe Salome, will ich nicht länger stören.«

»Wie gesagt, ich werde tun, was ich kann, Sie brauchen mich nicht so anzuflehen.«

»Gott schenke Ihnen ein langes Leben! Mögen Sie leben in alle Ewigkeit!«, rief er gefühlvoll und fügte unvermittelt hinzu: »Jetzt muss ich wieder ins Speisezimmer, sonst könnte der junge Mann bemerken, dass ich mich davongestohlen habe, und Verdacht schöpfen. Nichts für ungut, meine Teure! Ich muss mich unbemerkt wieder hineinstehlen …«

Mit zufriedener Miene eilte Aristo aus dem Zimmer und ließ die verdutzte Salome allein zurück.

Währenddessen befand sich Platon in einem quälenden Zwiespalt. Um ihn herum wurde gelärmt und gejohlt, doch er war vollkommen taub dafür und tief in seine Gedanken versunken. Er schien die fröhliche Gesellschaft nicht wahrzunehmen, sah nicht, wie die jungen Leute miteinander darum wetteiferten, wer die anderen am meisten zum Lachen brachte, wer den meisten Gefallen fand bei ihrem lieben Gastgeber, der sich ebenfalls prächtig unterhielt und seinen Spaß hatte. Nur dann und wann nahm er Notiz von dem Spektakel in seiner Nähe, um dann wieder über die bevorstehende Entscheidung nachzudenken und wie er sich am besten verhielt. Sollte er Kwaschawidses Angebot annehmen oder nicht? Sollte er sich für die Bregadse-Witwe entscheiden oder noch woanders Ausschau halten? Und wenn sie doch ein Kind bekommt? Aber wenn sie wirklich schon zweimal verheiratet war und kinderlos geblieben ist – wie soll sie da Himmel noch mal Kinder kriegen? Doch nicht aus purem Trotz gegen ihn? Er überlegte hin und her, dachte mal so, mal so. Bald raffte er sich zu einem Entschluss auf, bald mahnte er sich selbst zu mehr Vorsicht.

Er war hin- und hergerissen. Dabei verging die Zeit, und er musste eine Entscheidung treffen, musste Kwaschawidse eine Antwort geben, so hatte er es ja versprochen. Sollte er seine Suche fortsetzen? Kwaschawidse eine Absage erteilen? Salome um Rat fragen? Aber wie, auf welche Weise? Wie konnte Salome sich jetzt bei all den Gästen freimachen, um in Ruhe mit ihm zu sprechen? Der arme Platon steckte in der Zwickmühle; ihm schwindelte. Sein erschöpfter Verstand vermochte keinen vernünftigen Gedanken mehr zu fassen; zeitweilig saß er müde da, betäubt und stumpf. In all der Qual fielen ihm plötzlich Aristos Worte ein. Vielleicht war diese Frau wirklich für seinen Vater bestimmt? Wahrhaftig, wie wäre sonst zu erklären, dass von Beginn an immer ihr Name fällt und sich alles so arrangiert, dass unweigerlich gerade sie Erwähnung findet, als wär's eine abgekartete Sache. Es hat doch niemand davon gewusst? Er hat doch Gwerdewanidse gegenüber kein Wörtchen über sein Geheimnis entschlüpfen lassen? Dieser hatte die Frau von allein erwähnt und gerühmt ... Nach der Hochzeitsfeier hatte er umkehren wollen und war trotzdem hier gelandet. Und er war, als wär's Vorsehung, auf diesen Kwaschawidse getroffen, der ihm dieselbe Frau empfiehlt, ja aufnötigt ... Was bedeuteten diese merkwürdigen Zufälle? Was stand da dahinter? So ohne Bedeutung konnten sie ja nicht sein, denn wie sonst war es möglich, dass so etwas überhaupt geschah? Wenn Gott ihm nun tatsächlich ein Zeichen gab, um ihm in der Bedrängnis zu helfen, ihm zur Seite zu stehen, ihm die Sache zu erleichtern, und ihn auf das Schicksal verwies? Warum denn sonst allüberall diese merkwürdigen, beinahe verschworenen Reden über ein und dieselbe Frau? Und je mehr Platon sich bei diesem Gedanken aufhielt und sich über die Umstände wunderte, desto überzeugter wurde er, desto mehr glaubte er, dass nichts anderes dahinterstand, als dass Bregadses Witwe für seinen Vater bestimmt war und alle Zeichen ihn darauf hinwiesen. Der Gedanke nahm so von ihm Besitz, dass er einige Augenblicke später, wie von einer schweren Last befreit, wie aus einer Notlage erlöst, froh vor sich hin murmelte:

»Gewiss ... gewiss ... so muss es sich verhalten. Was sein wird, wird sein. Wie könnte man sich auch vor seinem Schicksal verstecken?!«

Und inbrünstig flehte er nun im Stillen zu Gott, er möge sich Frau und Kindern und seiner selbst erbarmen und alles Unglück von ihnen fernhalten.

Daraufhin schloss er sich erleichtert der fröhlichen Gesellschaft an; jetzt konnte auch er vergnügt ihre Faxen verfolgen, konnte zusammen mit diesen sorglosen jungen Leuten lachen.

›Mag sie streitsüchtig sein, sogar boshaft – was kann sie mir schon schaden?!‹ Solche Gedanken gingen ihm ab und zu durch den Kopf, bevor sich seine Aufmerksamkeit wieder dem jungen Volk zuwandte. ›Aber was, wenn sie nein sagt, was dann?‹ Und wieder kehrten seine Bedenken zurück. ›Was dann? Unmöglich! Es ist ja ihr Schicksal, sie wird zweifelsohne einverstanden sein, anders ist es gar nicht möglich‹, tröstete er sich selbst. ›Wo nur dieser Aristo bleibt?‹

Er wollte ihm seine Entscheidung auf der Stelle mitteilen, ihm sagen, sie würden sich morgen unwiderruflich nach Kwedureti aufmachen und die Angelegenheit zum Abschluss bringen. Sein Blick schweifte schon suchend umher, als Aristo in der offenen Tür zwischen Speisezimmer und Veranda erschien.

Auch Aristo hatte Platon entdeckt, und als er dessen zufriedene Miene sah, ging er auf ihn zu.

»Was treibst du? Hast du dich entschieden?«, fragte er leise.

»Morgen geht's nach Kwedureti!«, erwiderte Platon.

»Kind Gottes, wieso hast du mich so lange auf die Folter gespannt!? Bei unserer brüderlichen Verbundenheit, ich hole so viel Witwenteil heraus, dass –«

»Nein, nein, wozu Notleidenden wegnehmen, was sie gar nicht haben. Was brauche ich das Witwenteil!«

»Jetzt hör aber auf!«

»Lassen wir dieses Thema. Sagen Sie mir eins: Ihre Tante ist doch nicht etwa unansehnlich? Sie wissen schon: Feinde sollen nichts zu lachen haben und Freunde nichts zu weinen.«

»Unansehnlich? Nur zu, finden Sie erst mal eine Zweite, die ihr das Wasser reichen kann, in welcher Hinsicht auch immer, Schönheit, äußere Erscheinung, Gesundheit … Was reden Sie da überhaupt!«

»Nichts für ungut, nichts für ungut! Dann bis morgen … Wir schieben es nicht weiter auf.«

»Nein, nein, keine Sorge«, erwiderte Aristo. »Ich weiß ja jetzt Bescheid.«

Platons Stimmung hob sich beträchtlich; er war auch nicht mehr darauf aus, seine Entscheidung mit Salome zu besprechen und um ihren Rat zu fragen, denn er war nun überzeugt, dass er Bekinas Glück ausfindig gemacht hatte. Kurze Zeit später setzte er sich an die festlich hergerichtete Abendtafel, unterhielt sich fröhlich mit Salome und stimmte danach in Werikos Gesangsdarbietungen ein; er stürzte sich mit in den Trubel und leerte eifrig ein Trinkhorn nach dem anderen.

»Aristo, Platon, hopphopp!«, rief Dschimscher ihnen zu, der sich an der Trinkfreude der beiden ergötzte. »Platon, aufgepasst: Auf dich, auf ein langes Leben, und möge dir alles erdenkliche Gute zuteilwerden!«, rief er, trank, tupfte sich mit der Serviette die Lippen ab, erhob sich und streckte ihm das Trinkhorn entgegen. »Komm her und lass dich auf deinen feschen Bart küssen!«

Platon sprang auf, umarmte den alten Mann, drückte ihm einen innigen Kuss auf die Brust und leerte das frisch gefüllte Trinkgefäß auf der Stelle und ohne abzusetzen.

Als Aristo, Platon und noch ein paar andere junge Männer vom Tisch aufstanden, dämmerte es schon fast. Alle anderen hatten die Tafel lange zuvor verlassen; manche hatten Bettzeug auf den Diwanen ausgebreitet und schliefen gleich dort im Speisezimmer, manche in anderen Räumen des Hauses.

»Wir sollten uns auch kurz hinlegen, bevor wir losziehen«, sagte Aristo. Er und Platon gingen in den Hof, rollten unter einem Nussbaum einen Teppich aus, den sie aus dem Haus mitgenommen hatten, entledigten sich ihrer Tschochas, um sie sich unter den Kopf zu legen, und knöpften ihre Achaluchis auf. Der Schlaf überwältigte sie im Nu, denn beide waren sturzbetrunken, und sie schnauften und schnarchten tief und selig.

Es wurde hell, und die aufgehende Sonne streute ihre Strahlen über die Erde. Ringsum schwieg noch alles in süßem Schlaf gefangen und war so still und stumm, als schwelgte es in dem warmen, weichen Licht. Der prachtvolle Morgen schien nichts inniger zu wünschen, als den jungen Leuten, die auf ihn vertrauend draußen über das frische grüne Gras verteilt schliefen, nach der durchwachten Nacht die verlorenen Kräfte zurückzugeben.

Außer Platon und Aristo fläzten sich noch andere schlafversunken auf der gemähten Wiese. Gleich daneben grasten ihre Pferde.

Die Sonne stieg höher, und die Luft erwärmte sich allmählich. Die kräftiger werdenden Sonnenstrahlen störten die Schläfer in ihrem Schlummer. Bisher reglos liegend, wälzten sie sich von einer Seite auf die andere, streckten rastlos die Arme, suchten das Gesicht abzuwenden von der Sonne, von den wärmenden Strahlen, die sich durch die Blätter des Nussbaums stahlen.

»Ui, scheint uns die Sonne doch nicht schon auf den Kopf!« Aristo war aufgesprungen und begann Platon wachzurütteln. »Steh auf, steh auf, junger Mann! Wir müssen los, sonst wird's Nachmittag. Wir dürfen nicht weiter Zeit vertrödeln.«

Platon öffnete mühsam die Augen, setzte sich schwerfällig und müde auf, doch sein putzmunterer Gefährte trieb ihn zur Eile und hinderte ihn, wieder einzuschlafen. Wenig später waren beide angezogen, fingen ihre Pferde ein, sattelten sie, ließen dem Hausherrn durch einen jungen Bediensteten ihren Dank ausrichten, schwangen sich auf die Pferde und machten sich nach Kwedureti auf.

X

Vor unseren Reitern lag eine ganz schön lange Wegstrecke von Saloberidses Haus bis nach Kwedureti. Die Sonne hatte den Horizont schon erreicht, als sie ins Dorf einritten. Aristo zügelte sein Pferd vor einem Flechtwerktor, das in eine halb zerfallene Umzäunung eingelassen war.

»Gott sei Dank, wir sind da!«, rief er und sprang vom Pferd.

Auch Platon saß ab.

»Ist es hier?«, fragte er.

»Ja, hier wohnen sie«, sagte Aristo mit einem irgendwie feindseligen Unterton. »Hier wohnen sie. Der älteste Bruder ist vorübergehend in die Kate dort gezogen, die beiden jüngeren wohnen da in der Oda … He, ist jemand zu Hause?«, rief er, öffnete das Tor, und beide betraten den Hof.

»Man könnte meinen, das Anwesen wäre so weitläufig, dass sie einen nicht hören vom einen Ende zum anderen, das Lumpenpack. Haben die alle den Löffel abgegeben, oder was ist mit denen, dass sich keiner zeigt?«, brummte er, während er vorausging.

Um die Ecke der Oda lugte ein Frauenkopf im Kopftuch,

verschwand aber gleich wieder. Dann sprang aus derselben Ecke ein barfüßiges, nur mit einem Hemdchen bekleidetes Kind hervor, hielt kurz inne, drehte sich um und versteckte sich hinter der Ecke, von wo aus es die Besucher unverwandt anstarrte.

»Kommen wir diesen Dreckskerlen ungelegen, oder was?«, brummte Aristo wieder und wollte gerade eine weitere Unflätigkeit von sich geben, als ein junger, gutaussehender Mann auf der Veranda erschien. Die Haare zerzaust, die Tschocha über dem Achaluchi nur mit einem Riemen notdürftig zusammengehalten, kam er auf die Gäste zu.

Es war der jüngste Bregadse, Serapion.

»Das ist Platon Samanischwili – Serapion Bregadse«, stellte sie Aristo nach der ersten Begrüßung einander vor.

»Herein, meine Herren«, hieß sie Serapion willkommen. »Die Pferde kannst du mir überlassen, Aristo.«

»Lieber Serapion, ich muss dir auch gleich gestehen, dass wir unseren Weg heute nicht fortsetzen und nirgendwo mehr hingehen, sei so gut und treib auch Futter für die Pferde auf, mein Bester!«, bat Aristo.

»Selbstverständlich, so viel ihr wollt, selbstverständlich! Ich binde sie erst mal hier an und kümmere mich dann später selbst um sie. Kommt doch herein.«

»Ist Dawit zu Hause?«, erkundigte sich Aristo nach Serapions älterem Bruder.

»Nein, er ist außer Haus, hatte was zu erledigen. Er kommt am Abend zurück.«

»Umso besser«, murmelte Aristo und fügte im Stillen hinzu: ›Na, dann beeilen wir uns mit der Sache, bevor der Satan zurückkommt, sonst habe ich keine Gelegenheit mehr, mit meiner Tante ein Wort zu wechseln.‹ Laut sagte er: »Wie geht's meiner Tante, lieber Serapion?«

»Wie soll's ihr schon gehen … Gut … Da kommt sie!«

Eine Frau mittleren Alters kam die Verandatreppe heruntergeeilt und watschelte wie eine Ente auf Aristo zu, während sie ihr Kopftuch richtete und rief:

»Mein Bester! Mein lieber Junge! Mein Täubchen, mein liebes! Dass ich das noch erlebe! Mein Bester, Allerbester!« Sie war vor Freude ganz aus dem Häuschen, umarmte ihren Neffen und küsste ihn ungestüm ab. »Schämst du dich nicht, Junge, mich so zu vergessen? Ist das eine Art, seine Tante so zu vergessen?«

»Von jetzt an komme ich dich häufiger besuchen, Tantchen, viel häufiger! Ich habe einen Gast mitgebracht, Tantchen, einen Gast! Platon Samanischwili, Edelmann, Bekina Samanischwilis Sohn.« Und er fügte mit einem listigen Lächeln hinzu: »Einen ganz besonders willkommenen Gast!«

Die Frau wandte sich Platon zu, begrüßte ihn und schüttelte ihm die Hand.

»Meine Güte! Vor Freude schwirrt mir der Kopf, wo habe ich Trine meine Augen! Willkommen, treten Sie ein, mein Herr! Und nehmen Sie es mir nicht übel«, entschuldigte sie sich.

»Wo denken Sie hin!«, erwiderte Platon. »Machen Sie sich doch keine Umstände.«

»Vergessen hat er mich, mein Herr, völlig vergessen! Sollte mein eigen Fleisch und Blut mich nicht wenigstens ein Mal im Jahr besuchen?«

»Keine Bange, Tantchen! Ich hab's doch eben gesagt: Von jetzt an besuche ich dich häufiger.«

»Das hast du früher auch schon versprochen, aber –«

»Aber jetzt enttäusche ich dich nicht mehr, ich schwör's!«, erwiderte Aristo lachend.

»Hoffentlich erlebe ich das noch.«

»Natürlich wirst du's noch erleben!«

Serapion wunderte sich über Aristos hartnäckiges Versprechen und schaute ihn misstrauisch an, denn natürlich verstand er nicht, was dahintersteckte.

Platon war währenddem damit beschäftigt, die Frau zu begutachten. Sie war ganz und gar nicht übel. In Anbetracht ihres Alters war sie eine durchaus angenehme Erscheinung. Sie hatte offenbar, bevor sie herauskam, Schminke aufgetragen, denn unter den Augen hatte sie noch helle Puderreste, trotzdem fielen Platon ihre gesunde Gesichtsfarbe und die roten Wangen ins Auge. Keine Frage, Bekina würde an dieser Frau nichts auszusetzen haben. Je eingehender er sie musterte, desto überzeugter wurde er, dass sie auch ein herzensguter, redlicher Mensch sein musste. Das meinte er klar von ihrem Gesicht abzulesen. Und als ihm in den Sinn kam, wie Salome sie beim gestrigen Abendessen gerühmt hatte, als er sich ins Gedächtnis rief, dass sie kinderlos und zweimal verheiratet war und er also sein Hab und Gut ungeteilt bewahren könnte, füllte sich sein Herz mit Freude und begann schneller zu schlagen, ja sogar Zuneigung erwachte in ihm. Dieses wenn auch noch unbestimmte Gefühl weckte in ihm den Wunsch, die Frau sogleich für sich einzunehmen, so für sich einzunehmen, dass es ihr Gewissen nicht zulassen würde, ihm feindselig zu begegnen, und sie seine Zuneigung erwiderte.

›Gott scheint mir wirklich gnädig zu sein!‹, dachte er zufrieden.

Er suchte Aristos Blick aufzufangen und ihm zu verstehen zu geben, dass ihm die Tante gefiel, er keine Einwände hatte und nichts mehr wünschte, als so bald wie möglich ihr Jawort zu hören, damit sein aufgeregt klopfendes Herz Ruhe gab. Solche Ungeduld befiel ihn auf einmal, solche Unrast und solche Eile, als müsste er befürchten, es könnte ein Rivale auftauchen und ihm die Frau wegnehmen, das kostbare Wesen seinen Händen entreißen.

Aristo begriff gleich, was Platons Blicke besagten. Aber er brauchte diese Zeichen gar nicht. Ja, natürlich vereinfachte und beförderte das die Dinge, aber für Aristo war das Ganze von dem Augenblick an beschlossene Sache gewesen, als er Platon dazu gebracht hatte, seinen Fuß in diesen Hof zu setzen; von dem Augenblick an hatte er nach Aristos Beschluss keine andere Wahl mehr, als seine Tante als Stiefmutter heimzuführen – selbst wenn er sich dagegen wehrte, Aristo würde es zuwege bringen. Da ihm nun aber die Frau gefiel und er sich einverstanden zeigte, war alles viel einfacher. Davon angespornt, suchte Aristo seine Tante unter einem Vorwand in ein Zimmer zu locken, um ihr den Grund des Besuchs zu offenbaren.

Es war ratsam, sofort zur Tat zu schreiten, solange Dawit noch nicht zu Hause und mit weniger Horchern und Beobachtern zu rechnen war.

Aristo wollte seine Absicht gerade ausführen, als Dawits Frau, Nutschia, auf die Veranda trat; die blutjunge, hagergesichtige Frau trug einen beinahe nackten Säugling auf den Armen. Sie drückte den Gästen unter den üblichen Begrüßungsworten die Hand und setzte sich dann still auf einen dreibeinigen kleinen Schemel in die Verandaecke.

Nach einer Weile sagte sie zu Aristo:

»Elene hat es Ihnen sehr übelgenommen, dass Sie nicht regelmäßig zu Besuch gekommen sind.«

»Das wird sich ändern, von jetzt an gebe ich ihr keinen Anlass mehr, mir böse zu sein«, erwiderte er.

»Dann ist ja gut!«

»Wir werden's sehen«, sagte Elene.

»Ganz bestimmt«, sagte er und fügte unvermittelt hinzu:

»Entschuldige, Serapion, ich hatte dich doch wegen der Pferde gebeten … Es wird bald dunkel und –«

»Wird sofort erledigt, gleich!« Serapion stand auf und ging zu den Pferden.

»Tantchen, würdest du bitte meinen Säbel verwahren?«, sagte Aristo und ging zusammen mit Elene ins Haus.

Drinnen löste er die Waffe und reichte sie seiner Tante. Die Tür im Blick, begann er sogleich leise auf sie einzureden:

»Dieser junge Mann, Tante, will dich zur Stiefmutter. Ich sag's dir gleich, Widerstand ist zwecklos, damit du's weißt!«

»Musst du dein ganzes Leben ständig deine Witze reißen, du Tollkopf?«, entgegnete Elene.

»Ich mache keine Witze, ehrlich! Es ist mir ernst. Die Samanischwilis sind eine gute Familie, mit ansehnlichem Besitz, Haus, Hof, achtbare Adelsleute … Er ist ein rüstiger Alter, so alt aber auch wieder nicht!«

»Schsch, du Lümmel, schsch! Es reicht. Darüber macht man sich nicht lustig, bitte! Sei still, um Gottes willen!«

»Ich mache mich aber nicht lustig, ich spreche von einer ernsthaften Sache und will, dass du mir zuhörst. Der Schlag soll mich treffen, wenn ich mich über dich lustig mache, eben deswegen sind wir ja hier, Teufel noch mal! Glaubst du mir immer noch nicht? Es tut mir doch in der Seele weh, dass du mit diesen Scheusalen leben musst, und nun gewährt Gott dir Erlösung …« Und er erzählte ihr Samanischwilis Geschichte; er setzte die Familie ins richtige

Licht, obwohl er sie und ihre Lebensumstände nie mit eigenen Augen gesehen hatte, versprach Elene, sie nie mehr im Stich zu lassen, hätte er sie einmal bei den Samanischwilis untergebracht, und schilderte ihr das Leben in der neuen Familie in den schillerndsten Farben.

»Du hast keine Wahl, du kannst einfach nicht nein sagen! Eine gute Familie, genug zu trinken und zu essen, alles reichlich ... Ich werde immer an deiner Seite sein, was willst du mehr? Nein, ablehnen ist völlig unmöglich, völlig ausgeschlossen! Es gibt auch gar nichts mehr zu bereden, glaub mir!«, schloss Aristo mit Nachdruck.

Elene hatte sich seinen sonderbaren, überraschenden Vorschlag verblüfft angehört, rief mal »herrjemine«, mal stieß sie spitze Schreie aus, mal versuchte sie, ihren Neffen zum Schweigen zu bringen, und brachte alles Mögliche vor. Das Ganze kam der armen Frau wie ein Traum vor. Sie glaubte ihm kein Wort, sodass Aristo schließlich in Wut geriet, weil das Weib einfach nicht Vernunft annehmen wollte. Mit Müh und Not hatte er sie endlich so weit, dass sie ihm glaubte: Der Brautwerber befand sich tatsächlich in ihrem Haus, es war kein Scherz. Da entfuhr ihr unwillkürlich ein Seufzer:

»Die werden mich doch gar nicht gehen lassen, mein Kind!«

»Warum nicht?«

»Es wird sie doch was kosten. Sie können sich ja selbst

kaum über Wasser halten, geschweige denn das Geld für so was auftreiben.«

»Die werden's mit mir zu tun bekommen! Nur über meine Leiche bleibst du in deren Klauen! So eine Gelegenheit lasse ich mir nicht entgehen. Den Buckel runterrutschen können die mir! Zur Hölle mit ihnen!«

»Was willst du denn tun? Wie willst du das anpacken?«

»Was ich tun will? Na, ich entführe dich, genau das werde ich tun!«

»Herrje!« Elene hielt sich erschrocken die Hand vor den Mund. »Herrje, du willst mir in meinem Alter die Ehre rauben?! Sag das nicht! Gütiger Gott, nein! Lieber lebe ich mein Hundeleben weiter wie bisher. Ich verlange ja gar nichts, mein Bester!« Sie begann erregt auf und ab zu gehen.

Aristo jedoch ließ nicht locker. Forsch erklärte er, die Heirat mit Samanischwili sei unumstößlich, und er erklärte ihr auch, wie er den Brautraub bewerkstelligen wollte. Elene sollte eine Verwandte besuchen; von dort würde sie dann entführt und in die Kirche gebracht, wo sie und Bekina getraut würden. Aristo duldete keine Widerrede mehr; ohnehin war die Tante wie benommen von allem, was sie sich eben hatte anhören müssen.

Unterdessen hatten Nutschia und Platon draußen auf der Veranda das eine oder andere Wort miteinander gewechselt, doch das Gespräch wollte nicht in Gang kommen; sie saßen schweigend da, und die Atmosphäre wurde immer lastender und peinlicher, bis zu ihrer Erleichterung das Kind zu weinen anfing. Einen Augenblick später ging das Weinen in so ohrenbetäubendes Kreischen über, dass Nutschia wohl oder übel aufstehen musste, um den Gast von dem entsetzlichen Kindergeschrei zu erlösen.

Allein zurückgeblieben, wandte sich Platon zum Hof und nahm die Umgebung in Augenschein.

In der hereinbrechenden Dämmerung bot das Anwesen einen noch bedrückenderen Anblick als bei ihrer Ankunft. Es war ein karges, abschüssiges Stückchen Land, umgeben von einem vielerorts schadhaften Zaun; die winzige Oda, auf deren Veranda Platon saß, klebte, die Vorderseite auf Pfähle gestützt, am Hang; ein wenig entfernt davon stand die Bauernkate, früher wohl eine Außenküche, die der älteste Bruder versetzt hatte und jetzt mit seiner Familie bewohnte. Das war alles an Gebäulichkeiten, die zum Anwesen gehörten. Jenseits der Umzäunung waren eins ans andere gelehnte, riedgrasgedeckte Bauernhäuser zu sehen, weiter unten in der Ebene das restliche, allem Anschein nach arme, unvermögende Dorf.

Bisher verlassen und still, schien der Ort nun aufzuleben: Auf den Wegen zwischen den Zäunen wurde das Vieh hangabwärts getrieben; man hörte das Getrappel der Tiere, das Geschrei und Geschimpfe der Hirten, die den Herden folgten. Da und dort stieg aus den Rauchfängen der Häuser dünner Qualm.

Auch die kleine Kate erwachte zum Leben. Ein kleines Mädchen brachte in einem Tonkrug eilends Wasser herbei; dann wurde Feuer gemacht, und bald war durch die offene Tür deutlich das dumpfe Klatschen von Händen zu vernehmen, die Maisfladen zubereiteten.

Ein sieben- oder achtjähriger Junge, barhaupt und barfüßig, eine Hirtentasche quer über der Brust und eine Rute in der Hand, trieb ein paar Rinder in den Hof. Ihm folgte ein Mann mit langem Bart; sein Achaluchi stand offen, er trug ein dickes Stück Holz auf der Schulter und hatte die Axt in den Gürtel gesteckt. Er schrie den Jungen wütend an, als das Vieh auf die Kate zustrebte, und das Kind rannte den Tieren hinterher und trieb sie wieder zurück. Kaum hatte der Mann den Besucher auf der Veranda erblickt, verschwand er schleunigst hinter der Oda. Der Mann war Datia Bregadse. Wenig später kletterte in der Nähe der Kate ein zweiter mit Brennholz beladener Mann über den Zaunüberstieg – Anton, der älteste der Bregadse-Brüder. Er setzte seine Last bei der Tür ab, schaute zur Oda hinüber, starrte Platon eine Weile an und ging dann in seine Hütte.

»Wer ist der Kerl, der sich dort auf der Veranda breitmacht?«, fragte Datia seine Frau und runzelte missfällig die Stirn. Nutschia war dabei, Feuer zu machen unter einem überdachten Anbau hinter der Oda, wo sich die behelfsmäßige Küche befand, seit Anton nach der Aufteilung das Küchenhaus versetzt und sich mit seiner Familie darin installiert hatte.

»Was weiß ich, ein gewisser Samanischwili. Aristo hat ihn angeschleppt.« Die Antwort kam von Serapion.

»Aristo? Treibt sich der Gauner wieder hier rum? Was will er?«

»Woher soll ich das wissen? Vagabundiert rum, was sonst? Seit seiner Ankunft schwatzt er dauernd davon, er schaue von nun an häufiger bei seiner Tante vorbei. Redet's ihr jedenfalls ein –«

»Da ist er aber auf dem Holzweg, wenn er denkt, er kann sich hier einquartieren! Vor die Tür setze ich die, alle beide! Wie war schon dem sein Name?«

»Samanischwili, hast du nicht gehört, Samanischwili. Was soll die Fragerei?«, schaltete sich Nutschia ärgerlich ein. »Siehst du nicht, wir mühen uns hier mit dem Abendessen ab.«

»Was, Abendessen wollen sie auch noch –«

»Red mir jetzt bloß nicht wieder drein!«, schnitt ihm seine Frau das Wort ab.

»Und ob! Die sollen essen, was auf den Tisch kommt, das ist gut genug für die! Nur wegen denen schlachte ich beileibe keine Kuh!«

»Genau, nur trockene Maisfladen und Bohnen, was? Eine Schande, eine Blamage ist das, unerhört! Menschenskinder, wenigstens dem Fremden bringt Respekt entgegen! Los, junger Mann« – Nutschia wandte sich an Serapion – »los, such ein Huhn aus, egal, was für eins, und fang's mir ein. Das ist doch sonst keine Art!«

»Wie soll ich denn jetzt ein Huhn finden in dieser Dunkelheit? Ich weiß ja noch nicht mal, wo auf welchem Baum die paar Hühnchen sitzen!«

»Dort, auf der Hainbuche sind sie, dort drüben! Geh jetzt, um Gottes willen, sonst findest du sie noch schwerer.«

Serapion machte kehrt und schlurfte brummend Richtung Hainbuche.

»Mutter, ich will auch von den Maisfladen. Ich habe Hunger!«, bettelte Datias Sohn, der das Vieh inzwischen versorgt hatte.

»Wart einen Augenblick! Siehst du nicht, dass ich alle Hände voll zu tun habe? Datia, leg Holz nach, sei so gut!«

»Ich habe aber Hunger, ich kann nicht warten!«

»Was seid ihr auch für Hungermäuler!«, erwiderte Nutschia und schüttete Wasser zum Maismehl in der Holzschüssel. »Kannst du dir nicht selber was zu essen nehmen, du Nimmersatt? Schäm dich!« Und sie schob ihm ein kaltes Fladenstück zu. Dann wandte sie sich plötzlich ab, griff nach einem kleinen Krug und streckte ihn dem Jungen entgegen, der herzhaft seinen Fladen am Vertilgen war.

»Warlamia, lauf zu Malakia rüber und sag ihm, deine Mutter schickt dich um ein Krügchen Wein. Sag dem Malakia, deine Mutter bittet sehr darum, sag ihm, wir haben einen fremden Gast. Und sag ihm, deine Mutter wird's ihm nicht vergessen. Los, lauf schnell, mein Kind!«

Der Junge nahm den Krug und sprang, angespornt von den freundlichen Worten der Mutter, wie ein Reh davon.

»Nicht so hastig, Junge, zerbrich mir den Krug nicht!«, rief Nutschia ihm nach.

Nach seiner Unterredung mit der Tante trat Aristo wieder auf die Veranda und flüsterte Platon fröhlich zu:

»Die Sache hab ich im Nu gedeichselt gehabt, im Nu! Die arme Alte ist mir fast irre geworden! Hahaha! Hoffentlich verbietest du mir nicht wie die da das Haus, wenn ich meine Verwandte besuchen will. Natürlich nicht, oder?« Und er erzählte Platon, wie er das Ganze zu Ende zu bringen gedachte. »Um die Herausgabe des Witwenteils soll sich Onkel Iwane kümmern. Eine Hälfte davon bekommt er für seine Leistung, die andere gehört dir. Keine Sorge, so leicht kommen die mir nicht davon!«

»Lass es ihnen! Sollen sie's behalten! Bei dem Elend hier, sie haben doch nichts!«

»Was geht mich das an! Von denen ist noch nie was Gutes gekommen.«

Im Hof entstand plötzlich Lärm. Ein Hund jagte ein Huhn durch die Gegend, dann hörten sie einen Mann hinterherrennen.

»Dieses Lumpenpack, meiner Treu, jetzt fangen sie ein Huhn zum Abendessen! Als hätten sie das nicht schon längst tun können! Erbärmliche Deppen, Trottel! Platon, solange die auf Hühnerfang sind, schau ich mal heimlich nach den Pferden, ich bin sicher, sie haben ihnen nicht mal ein Maulvoll Stroh gegeben, und morgen sind die Tiere in einem Zustand, wie ich's meinem ärgsten Feind nicht wünsche«, sagte Aristo. Er ging auf Zehenspitzen die Treppe hinunter und dann im Halbdunkel in die Richtung, wo er die Pferde glaubte. Die Hühnerjagd war noch im Gange, deshalb wich er immer wieder aus, um ja keinem in die Quere zu kommen.

Plötzlich zischte etwas durch die Luft, und ein Stock traf ihn heftig am rechten Schenkel.

Er ging gleich zu Boden vor Schmerz. »Der Esel hat mich glatt erschlagen!«, schrie er auf. »Autsch, verflucht! Wegen eines mickrigen Huhns bringen diese Barbaren mich um! Zum Henker mit der Bagage!« Unter viel Weh und Ach wälzte er sich auf dem Boden herum und rieb sich mit beiden Händen den Schenkel. »Himmelherrgottsakra! Wer macht im Finstern mit Stöcken Jagd auf Hühner! Taugenichtse, samt und sonders!«

Die Hühnerjagd ging unterdessen in einer anderen Ecke des Hofs weiter. Aristo stand auf und bewegte sich, wenn auch hinkend, weiter Richtung Pferde.

›Als hätte er den Stock mit Absicht nach mir geworfen,

der Teufel! Wenn der sieht, dass er getroffen hat, freut er sich auch noch!‹ Aristo lachte hämisch, denn er war entschlossen, sich zusammenzureißen, den Schmerz zu ertragen und sich den Gastgebern gegenüber nichts anmerken zu lassen – die Freude wollte er ihnen nicht machen.

Die Pferde hatten tatsächlich nichts zu fressen bekommen; sie boten einen kläglichen Anblick, wie sie da mit Stricken an den Baum gebunden standen. Aristo schüttelte den Kopf, schlug sich ärgerlich mit der Faust gegen die Brust und machte kehrt, nicht ohne die Gastgeber mit Unflätigkeiten und Beschimpfungen zu bedenken.

Er traf Platon nicht mehr auf der Veranda an. Dieser unterhielt sich drinnen mit Datia. Übelgelaunt gesellte sich Aristo zu ihnen und sprach Dawit in einem Ton an, dass Platon angst wurde: ›O weh, wenn die jetzt nur nicht zu zanken beginnen.‹ Aber wundersamerweise überging Dawit Aristos gehässige Anspielungen geduldig, ignorierte sie einfach. Dank ihm verlief das Abendessen friedlich, und im Frieden zogen sie sich anschließend zur Nachtruhe zurück.

Die Gäste wurden in ein eigenes Zimmer einquartiert; Dawit, seine Frau, der Säugling und auch Elene schliefen im zweiten Raum; Serapion breitete sein Bettzeug draußen auf der Veranda aus.

Die Besucher schliefen sofort ein, doch weckte sie aus dem Nebenraum bald wieder gellendes Kindergeschrei, das gar nicht aufhören wollte. Das Gebrüll wurde auf die gereizten Schh! und Pscht! von Mutter und Vater hin eher noch lauter.

»Halt die Gosche, Himmeldonnerwetter!«, wütete Aristo, der mit seiner Geduld am Ende war. »Zum Teufel mit euch allen!«

»Mensch, lass gut sein! Sie werden dich noch hören«, beschwichtigte ihn Platon.

»Sollen sie doch hören! Die Pest wünsch ich denen allen an den Hals! Wie soll man, bitte schön, bei diesem Höllenlärm schlafen?«

Trotzdem gewann die Müdigkeit schließlich die Oberhand, und wenig später schliefen sowohl Aristo als auch Platon den Schlaf des Gerechten, während das Kind noch lange weiterplärrte.

XI

Der alte Bekina war sehr angetan von Platons Brautschau. Auch gefiel ihm insgeheim, dass die Frau entführt werden sollte, denn es erinnerte ihn an seine Jugend, an das damit einhergehende Ungestüm. Wenn er an diese Zeiten dachte, fühlte er sich aufleben, und ein heiteres Lächeln erhellte sein Gesicht. Nichtsdestoweniger sagte er vorwurfsvoll zu seinem Sohn:

»Diese Entführungsgeschichte, mein Junge, ist nichts mehr für mich. Du hättest das vermeiden sollen.«

Alles hatte seinen Abschluss gefunden, es musste nur noch ein Übergangsfest zur förmlichen Beendigung der Trauerzeit ausgerichtet werden, damit die Familienmutter nicht in ein trostloses Haus einzog.

Platon lud die nächsten Nachbarn zu der Feier ein. Er suchte seinen Schwager auf, der ihm immer noch böse war, und versöhnte sich endlich mit ihm, indem er ihn bat, ihn bei der Brautentführung zu begleiten. Dazu war Kirile natürlich mehr als bereit.

»Jetzt können wir wieder aufatmen. Ich bin sicher, meine Stiefmutter wird unter keinen Umständen Kinder bekommen. Das ist vorbei für sie. Außerdem ist sie eine gute Frau, hoch und heilig, du wirst selbst sehen!«, sagte Platon zu Melano. »Dir wird das ebenfalls zugutekommen. Hie und da wird sie auch zu dir ein wenig schauen, dir ab und zu aushelfen.«

»Soll sie uns helfen, so zu leben wie bisher. Mehr will ich nicht von ihr!«

»Natürlich, ganz recht! Mach dir keine Sorgen.«

Endlich brach auch Bekinas ersehnter Tag an. Zusammen mit ein paar anderen jungen Männern brachten Platon, Aristo und Kirile Elene zu den Samanischwilis. Bekina und Elene wurden getraut. Es gab ein Fest, wie es einem respektablen Edelmann gebührt. Und Kirile hielt sich an sein Versprechen, den Freudentag mit seinem Schwiegervater zusammen zu feiern und auch die anderen Gäste feiern zu lassen, ohne wie sonst einen Streit oder eine Schlägerei zu provozieren.

Platon behielt Recht: Melano gefiel die neue Schwiegermutter sehr. Diese beendete ihre Frischvermähltenzeit bald und wurde ihrer Schwiegertochter in allem eine unentbehrliche Stütze. Auch Bekina war sehr zufrieden; besonders freute ihn, dass Elene in kurzer, ja kürzester Zeit die Liebe aller Familienmitglieder gewann und Eintracht ins Haus brachte.

Platon war mit seiner Stiefmutter so glücklich, dass er bereit war, auf das Witwenteil zu verzichten, und Aristo bat, Abstand davon zu nehmen, den Bregadses das Geld abzupressen. Es betrübte ihn sehr, dass Aristo sich unerbittlich zeigte und sich nicht umstimmen ließ.

»Bist du denn so gut gestellt? Schadet's dir, wenn du ein bisschen was obendrein bekommst?«

»Nein, aber … Von ihnen –«

»Du bist mir ja ein Menschenfreund! Das Witwenteil wird auch dir gut zustattenkommen, Bruder! Wozu es in den Kamin schreiben? Ich verstehe dich nicht … Je mehr wir haben, desto mehr können wir feiern, mein Lieber! Hab ich nicht Recht, Bekina?«

»Natürlich, natürlich«, erwiderte Bekina, der ein Herz und eine Seele war mit Aristo und dem es inzwischen schwerfiel, ohne ihn zu sein, obwohl das, Gott sei Dank, nicht zu befürchten war, denn dieser schien vorläufig keinerlei Absicht zu hegen, einen Fuß aus seinem neuen Heim zu setzen.

Und so, in gemeinsamem Wohlbefinden, in Behaglichkeit und gegenseitiger Zuneigung, vergingen in Samanischwilis Familie die Tage und die Zeit, und das Glück wäre auch von einiger Dauer gewesen, hätte nicht Melano ihrem Mann eines Tages eine bestürzende, abscheuliche, verstörende Nachricht hinterbracht. Platon drehte sich darob so das Herz im Leib herum, dass er seine Frau grimmig ansah und sie anfauchte:

»Red nicht so dummes Zeug! Hast du mal wieder was gefunden, worüber du dich lustig machen kannst?«

»Ich mache mich aber nicht lustig. Ich mein's ernst. Ich sage dir, ich fürchte, die Frau ist schwanger; ich seh's ihr an. Bei unseren Kindern! Hätte ich dir etwa nichts sagen sollen? Es macht mich ja selbst ganz verrückt. Was kommt da auf uns zu? Herrgott, steh uns bei!« Melano bekreuzigte sich.

Platon war wie vor den Kopf geschlagen und starrte seine Frau sprachlos an; er glaubte ihr kein Wort, doch sein Herz begann hektisch zu klopfen.

»Du bildest dir was ein. Wie wäre das möglich?«, murmelte er und rückte von seiner Frau ab, als fürchtete er, noch Überzeugenderes, noch Erschütternderes zu hören zu bekommen. »Ganz bestimmt bildest du dir was ein. Denk doch mal nach, dann merkst du, dass du dich geirrt hast.«

»Dein Wort in Gottes Ohr! Wenn's nur so wäre.«

›Ich bring sie um, die Unglückselige! Bei Gott, ich bring sie um!‹, wütete Platon im Stillen. ›Bei Gott, ich bring sie um! Aber natürlich ist das alles dummes Zeug, Melano bildet sich da nur was ein.‹

Es war Abendzeit gewesen, als Melano ihrem Mann von ihrer bösen Ahnung erzählt hatte, und nun, beim Abendessen, schaute er kaum auf seinen Teller, sondern heftete die Augen auf seine Stiefmutter. Doch er konnte keinerlei Veränderung an ihr entdecken.

»Du siehst Gespenster, Melano«, sagte er lächelnd zu seiner Frau, als sie zu Bett gingen.

»Nein, Platon, nein, ich täusche mich nicht, ganz sicher nicht!«

»Genug, mach mich nicht verrückt!«

»Was soll ich denn tun, Liebster, hab ich etwa keine Angst?«

Platon schwieg. Er wollte nicht weiter darüber sprechen. Das Herz wurde ihm schwer, obwohl er noch weit davon entfernt war, Melano Glauben zu schenken. Als diese trotzdem wieder mit dem Thema anfing, bat er sie, still zu sein oder über etwas anderes zu reden. Er versuchte Schlaf zu finden, doch die Worte seiner Frau hallten wie ein Glockenschlag in seinen Ohren wider.

›Wehe, bricht jetzt wirklich das Unglück über mich herein?‹, dachte er. ›Ich seh's ihr an, hat sie gesagt … Aber wie ist das möglich? Wer hat schon je so was gehört? Dass eine kinderlose zweimal Verwitwete sozusagen an ihrem Lebensabend schwanger wird?! Niemals!‹

Platon versuchte sein Herz zu beruhigen, ihm gut zuzureden, damit das Blut nicht weiter in seinen Schläfen pochte und sein Verstand zur Ruhe kam. Er drehte sich von einer Seite auf die andere, versuchte zu schlafen, aber er tat kein Auge zu. In den Ohren hatte er dauernd Melanos Worte, gegen die sein Verstand sich rastlos auflehnte und sie bestritt …

So quälte sich der Bedauernswerte und wälzte sich hin und her, als er Melano rufen hört:

»Da, schau doch, Mensch! Hatte ich nicht Recht? Von wegen dummes Zeug! Da, schau! Ich hatte Recht! Und wie man's ihr ansieht! Siehst du's immer noch nicht?«

Und sie zeigt auf Elene, die draußen vor dem Fenster im Hof herumgeht. Stumm, mit wild klopfendem Herzen stiert Platon sie an. Offenbar hat auch Elene ihre Stiefkinder gesehen und kommt auf sie zu.

»Da, da, o mein Gott!«, schreit Melano. »O mein Gott! Sehe ich jetzt immer noch Gespenster? Habe ich mich getäuscht? O Gott, deine Mutter wird sich im Grab umdrehen!« Sie schüttelt drohend die Faust gegen ihre Schwiegermutter. »Siehst du's ihr immer noch nicht an?«

Platon sieht es und er sieht es nicht. Natürlich sieht er's ihr an, natürlich sieht er's mit eigenen Augen, sieht in aller Klarheit die Zeichen seines nahenden Unglücks, und es verschlägt ihm die Sprache angesichts der hereinbrechenden Katastrophe, sein Verstand benebelt sich, das Blut stockt ihm in den Adern, und er starrt versteinert, stumpfsinnig und mit trüben Augen auf dieses gottlose, vermaledeite, verfluchte Weib, bei dem alle Hochachtung, alle Liebe, alle Gefälligkeit umsonst gewesen sind, das ruchlos Platons Leben und das seiner Familie aufs Spiel setzt.

»Mein Gott, womit habe ich das verdient? Womit habe ich mich gegen Dich versündigt?«, ächzt er voll bitterer Verzweiflung. »Womit habe ich mich versündigt?«

»Verschwinde! Scher dich weg! Fort mit dir, verfluchtes

Weibsstück!«, schreit er der Stiefmutter entgegen. »Fort mit dir, lass dich hier nicht mehr blicken!«

Doch als ob sie ihn nicht hörte, watschelt Elene weiter auf das Fenster zu, schwerfällig und mühsam.

»Fort mit dir, du Teufel, oder ich bring dich um! Mein Gott, warum hört die nicht?«

Auch seine eigene Stimme kann er nicht hören, obwohl er aus Leibeskräften brüllt. Aus seiner Kehle kommt kein Ton, die Worte bleiben in seinem Innern, kraftlos, schwach, unhörbar, und dies steigert seine Erbitterung noch, zerfrisst ihm das Herz, presst ihm den Atem ab. Vor den Augen des aufs äußerste erregten Mannes gerät alles durcheinander, verschwimmt, wimmelt. Er beginnt zu zittern und zu schlottern, hält sich kaum mehr auf den Beinen. Was ist denn das jetzt? Was geschieht da auf seinem Hof? Wer tut so was? Verdammt! Wer hat die Hühner hier herübergelassen, die aufgeregt überall herumtrippeln? Jetzt kommen auch noch die Gänse, die Enten und ein paar Puten hinterher. Sie rennen hierhin und dahin, zerstreuen sich, manche folgen Elene nach, manche rennen Richtung Fenster, hinter dem Platon im Zimmer steht. Da rennt auch das Zuchtschwein, völlig abgemagert, die Flanken eingefallen vor Unterernährung, es reckt ihm den Rüssel entgegen und grunzt, als wolle es ihn etwas fragen. Die Schafe, wer hat die aus dem Pferch gelassen? Sie waren zur Mast dort drin. Wer tut so was? Was für ein Durcheinander! Wer verflucht noch mal steckt da dahinter? Was haben die Ochsen so zu brüllen? Was um alles in der Welt ist auf dem Hof los, wieso spielt alles verrückt? Wer hat den Holztrog nach draußen gestellt, Seiher, Mehlsieb, Töpfe, Holzschüssel, Löffel, Mörser, Tonpfannen? Welcher Irre wütet hier auf so merkwürdige Weise? Platons Atem geht mühsam, er kann nur verwirrt und stumpf auf das Chaos starren und weiß vor Verstörtheit nicht ein noch aus.

»Mitten entzwei, mitten entzwei!«, schreit jemand.

Ein Krachen, und das Küchenhaus gerät in Bewegung, wackelt und neigt sich gefährlich zur Seite.

»Schnell, schnell!«, ruft Elene. »Schnell, alles halbieren, alles, samt und sonders!«

Jetzt aber sammelt Platon seine letzten Kräfte, mit der Kraft der Verzweiflung erhebt er die Stimme, bricht unter ungeheurer Anstrengung in Schreien aus:

»Halt, halt! Hört auf! Nicht so eilig! Vielleicht gibt es eine Totgeburt! Halt! Vielleicht befindet Gott das Kind für nicht lebenswürdig! Hört auf, ihr Elenden! Tut das nicht! Hört auf! Hört auf!! Hö-, hö-« Unter Aufbietung aller Kräfte versucht er zu schreien, aber keiner hört es, die Stimme erstirbt in seiner Kehle, versiegt. Nun krachen auch die Mauern des Hauses zusammen, alles stürzt ein, bricht auseinander, zerfällt in Einzelteile. Niemand schenkt seinen Rufen Beachtung, allein auf Elenes Stimme und Befehle wird gehört. »Schnell, schnell! Alles halbieren!« Sie gibt keine Ruhe. Matt, tief verzagt und zornbebend, reißt sich Platon endlich vom Fleck los und stürzt zum Fenster, hinausspringen will er und die verfluchte Stiefmutter an Ort und Stelle erwürgen, aber er fällt zu Boden und weint wie ein Schwächling, heult wie ein kleines Kind, blind vor Tränen …

»Platon, Platon! Was hast du, Menschenskind, was hast du?«, rief Melano, außer sich vor Angst, als sie ihren Mann so entsetzlich weinen hörte. »Wach auf, Platon! Du erschreckst die Kinder!«

Sein unheimliches Geheul hatte die Kinder geweckt; sie hatten laut zu wimmern begonnen, während Melano, selbst zutiefst erschrocken, sie zu beruhigen und zugleich ihren Mann aufzuwecken versuchte. Endlich erwachte er, schaute um sich, konnte aber in der Dunkelheit natürlich nichts erkennen.

»Du hast uns beinahe zu Tode erschreckt, Mensch!«, sagte Melano vorwurfsvoll. »Die Kinder sind völlig fertig vor Angst. Was hast du denn Schlimmes geträumt? Beruhige dich, um Gottes willen.«

»Dann war's also nur ein Traum.« Er fuhr sich mit der Hand über die Stirn und bekreuzigte sich dann.

»Was ist da bei euch los, Melano? Was hat Platon?«, rief Bekina besorgt aus dem Nebenzimmer.

»Nichts, Vater. Er hat nur geträumt«, rief Melano zurück.

»Geträumt?«

»Ja.«

»Und wir dachten, die Welt geht unter! Alpträume, in seinem Alter!« Bekina lachte. »Er hat doch sonst nie schlecht geträumt. Versuch die arme Seele zu beruhigen, Tochter!«

Melano machte sich ihren eigenen Reim auf Platons Traum: Ihr zufolge würde jegliches drohende Unheil von ihnen abgewendet werden. Denn Elene würde bald eine Fehlgeburt erleiden, falls sie denn tatsächlich schwanger war.

Die untrüglichen Anzeichen für letzteren Umstand ließen auch gar nicht mehr lange auf sich warten, obwohl es Platon wie ein ganzes Jahrhundert vorkam, ein Jahrhundert quälenden, ermüdenden Wartens. Die Zweifel schwanden, als Elene Unpässlichkeit zeigte. Melano und Platon waren verstört und wie versteinert und tauschten wortlos bestürzte Blicke.

Schließlich bemerkte auch Bekina den Zustand seiner Frau. Der alte Mann war bis ins Innerste getroffen; merkwürdigerweise schämte er sich und ärgerte sich zugleich maßlos. Jetzt begriff er, warum sich Platons Stimmung in der letzten Zeit so verändert hatte, jetzt verstand er die Bedrücktheit seiner Schwiegertochter. Das Herz blutete ihm, und er bereute seine Starrköpfigkeit. Setzte er seinen geliebten Sohn nun nicht wahren Höllenqualen aus? Vergällte er ihm nicht Lebensfreude und Seelenfrieden? Er fühlte sich schuldig vor seinem Sohn, mehr noch, ihn bedrückte, dass er keinen Ausweg sah.

Und er war wütend über Elene. ›Warum musste dieses

verdammte Frauenzimmer seine Weiblichkeit auch unbedingt bei mir unter Beweis stellen?‹

Das Einzige, was ihn in seinem Kummer tröstete, war, dass sein Sohn die Frau ja selbst ausfindig gemacht und er, Bekina, Elene nach dessen Wunsch und Wahl geheiratet hatte.

Platon in seiner Enttäuschung fand jedoch keine Ruhe mehr: Wie ein Irrer geisterte er herum, verlor jede Lust zu arbeiten und versank vollkommen in seinen Sorgen.

Aristo machte er bittere Vorwürfe. »Mann, was hast du mir da angetan? Der Teufel soll deine Familie holen! Sowieso ist sie schon zum Teufel. Hast du eigentlich kein Gewissen? Habe ich dir was zuleide getan? Du Schuft hast mich zugrunde gerichtet! Musstest du mir deine verfluchte Tante unterjubeln? Ich habe dir doch nichts zuleide getan.«

»Halt, halt, mein Lieber! Was soll ich Unrechtes getan haben? Hör mir mal zu: Du hast eine Stiefmutter gesucht, eine zweimal verheiratete Frau. Ist es nicht so?«

»Ja.«

»Eine, die keine Kinder hat, die nie Kinder gehabt hat, nicht?«

»Genau.«

»Also, Bruder, ich habe dir eine beschafft, die ganz deinen Wünschen entspricht, habe dir freundschaftlich geholfen, obwohl ich dich gar nicht kannte. Aber ich habe dich gleich bei unserem ersten Zusammentreffen ins Herz geschlossen. Deshalb habe ich dich begleitet und war dir bei der Durchführung des Ganzen behilflich. Was also, Bruder, habe ich Schlimmes getan?«

»Sie ist schwanger geworden!«

»Das ist nicht meine Schuld, lieber Platon!«

»Vielleicht hatte sie ja vorher doch schon mal ein Kind, und du –«

»Himmelherrgottsakrament! Der Kopf soll mir verflucht noch mal abfallen, wenn …« Und Aristo schmiss seine schöne, neue Papacha zu Boden.

»Wie denn sonst? Warum?« Platon brachte vor Enttäuschung kaum mehr ein Wort heraus. »Warum hatte sie mit den anderen keine und plötzlich –«

»Das, Bruder, musst du deinen Vater fragen!«, erwiderte Aristo lächelnd. »An ihm wird's liegen. Er muss ein ganz besonderer Mann sein –«

»Ich bin erledigt, Aristo, reinweg erledigt! Wie soll ich denn Frau und Kinder ernähren? Die Kehle hat er mir durchgeschnitten, mein Vater, ganz ohne Messer. Was soll ich denn nur tun? Was soll aus mir werden?«

»Kopf hoch, Platon!«, rief Aristo unbekümmert. »Lass den Mut nicht sinken. Gott ist barmherzig. Alles geschieht durch Seine Gnade!«

Ob durch Gottes Gnade oder nicht – was hatte er verbrochen, was Schlimmes getan, um eine solche Strafe zu verdienen? Was hatte er getan, um Seinen Zorn heraufzubeschwören? Warum wurde er so hart bestraft? Platon rief sich alle Taten, seine ganze Vergangenheit ins Gedächtnis und versuchte zu ergründen, womit er den Allerhöchsten erzürnt und diese Unbarmherzigkeit hervorgerufen haben könnte. Nichts, rein gar nichts Derartiges hatte er getan. Er hatte niemand umgebracht oder totgeschlagen, hatte noch nie jemand betrogen oder beraubt, keinen Diebstahl begangen, niemand etwas weggenommen ... Hier hielt er inne. Niemand etwas weggenommen? Er war doch gerade dabei, den Bregadses etwas wegzunehmen, nicht ungesetzlich, aber er nahm von Menschen, die ärmer waren als er, größere Not litten, ja beinahe hungerten. Statt Mitleid zu zeigen, raubte er ihnen die letzten Mittel, um sie wem in den Rachen zu werfen? Diesem Menschenfresser Gwerdewanidse, dem skrupellosen Advokaten. Und da sollte sich Gott ausgerechnet seiner erbarmen? ›Natürlich nicht!‹, rief er im Stillen aus und machte sich panisch zu Gwerdewanidse auf, um ihn dazu zu bringen, die Sache für nichtig zu erklären, und ihm zu sagen, dass er von den Bregadses keine Kopeke wollte. Damit suchte er sich die zürnenden, missmutigen himmlischen Mächte wieder gewogen zu machen, sein Vergehen zu sühnen, und hoffte, sich auf diese Weise zu sichern, was sie ihm zu nehmen drohten – hoffte, dass auf seine Reue hin Elene eine Fehlgeburt erleiden würde.

Gwerdewanidse jedoch ging auf seine Bitte nicht ein. Er lachte sogar darüber. Er hatte bereits viel Arbeit in den Fall gesteckt, und wenn die Sache rückgängig gemacht wurde, würde er seinen Anteil ja verlieren. Darauf erklärte sich Platon bereit, selbst für das Honorar aufzukommen, wenn er nur den Fall aufgäbe und den Bregadses keine Kosten entstünden. Nachdem er dem Advokaten einen Wechsel ausgestellt hatte, kehrte er nach Hause zurück, hoffnungsfroh und voller Zuversicht, dass sein Opfer angenommen und seine Stiefmutter den Schreckensbruder nicht austragen würde.

XII

Platons Hoffnung erfüllte sich nicht. Die Zeit verging, und das schreckliche Wesen begann zu wachsen. Nur kurze Zeit noch, und er würde es in Fleisch und Blut vor sich sehen und seine Stimme hören.

Es brachte ihn um den Verstand. Der Mann war vollkommen aus dem Gleichgewicht, wurde reizbar und ungeduldig. Er war nicht wiederzuerkennen. Als er keinen anderen Ausweg, keine Möglichkeit mehr sah, die Plage loszuwerden, kam er mit einem höchst befremdlichen Vorschlag zu seinem Vater. Bekina geriet beinahe von Sinnen und begann zu schreien:

»Bist du von allen guten Geistern verlassen, du Elender? Wo ist deine Gottesfurcht, dass dir solche Gedanken in den Sinn kommen? Du willst mich alten Mann nötigen, eine Todsünde zu begehen? Eine gottgegebene Leibesfrucht zu töten? Bist du verrückt? Wie könnte ich der Frau mit einem Abort kommen, du grausamer Mensch! Was bringt dich nur auf so etwas Gottloses?«

Während Bekina seiner Empörung Luft machte, rührte sich Platon nicht von der Stelle, stand stockstill, den Blick zu Boden gerichtet, mit gerunzelten Brauen und verzerrtem Gesicht.

Mitten in dem Streit kam überraschend Elene ins Zimmer und ließ sich schwerfällig auf den niedrigen Diwan sinken. »Herrgott«, rief sie, »was habt ihr in letzter Zeit so viel zu zanken? Man hört ja kein einziges freundliches Wort mehr von euch. Nur Fetzereien und Gehässigkeiten. Dem ärgsten Feind würde man das nicht wünschen.«

»Es reicht! Dich hat niemand was gefragt!«, fuhr Bekina sie an.

Platon warf der Stiefmutter einen giftigen Blick zu, wandte sich aber gleich wieder ab.

»So wahr ich lebe, niemand würde so ein Verhalten, weder vom Vater noch vom Sohn, gutheißen!«

Elene hatte den Satz kaum beendet, als Platon sich auf sie stürzte. Die Frau kippte um, und Platon holte aus, um sie in den Bauch zu treten, aber Bekina stieß ihn rechtzeitig weg. Der Tritt verfehlte sie und traf sie nur leicht am Arm. Platon fuhr herum und wollte sie noch einmal treten, doch erneut bekam Bekina den rasenden Sohn zu fassen, der wie ein Wahnsinniger schrie:

»Ich bring dich um! Ich bring dich um! Du bist tot!« Und es gelang ihm, Bekina abzuschütteln und Elene heftig Richtung Tür zu schleudern.

Die Schreie der Schwangeren waren markerschütternd. Platon gebärdete sich wie eine rasende Bestie, brutal, blutrünstig. Er wollte die kreischende Kreatur vernichten, wollte ihr Blut sehen; blindwütig griff er nach ihr und hätte ihr zweifellos Schlimmes angetan, wenn auf Bekinas Rufe nicht Melano hereingestürzt wäre und sie den tobenden Mann nicht mit vereinten Kräften hinausgezerrt und ausgesperrt hätten.

»Macht die Tür auf!«, brüllte er mit entstellter Stimme. »Macht mir die Tür auf, sofort! Melano, mach auf, sonst bist du auch dran! Lass das verfluchte Weib! Sofort, sag ich dir!«

Melano kümmerte sich nicht um ihn, sondern versuchte mit Bekina zusammen die ohnmächtig gewordene Elene wieder zu Bewusstsein zu bringen. Deren Leben hing an einem seidenen Faden.

Von da an glich Platon einem wilden Tier. Den Tag verbrachte er damit, irgendwo herumzustreifen, und kam nur nachts zum Schlafen nach Hause. Nicht einmal mit Melano wechselte er mehr ein Wort.

Bekina war außer sich vor Kummer.

»Ich wünschte, ich wäre tot und läge zusammen mit Marika unter der Erde«, klagte der alte Mann. »Dann müsste ich das alles nicht erleben.«

Eine einzige Hoffnung blieb, das Unglück rückgängig zu machen: dass Elene statt eines Sohns eine Tochter gebar. Dann könnte sich Platon beruhigen und seinen Frieden wiederfinden. Ungeduldig wartete Bekina auf den Tag der

Niederkunft und flehte Gott jeden Augenblick inständig an, Elene ein Mädchen zur Welt bringen zu lassen.

Doch wurde dem armen Alten auch diese Hoffnung zunichte: Elene gebar einen Sohn, und damit schwand jede Aussicht, dass das vormalige häusliche Glück wieder Einzug in die Familie halten könnte.

Bekina versank vollends im Kummer. Seiner Frau jedoch, die noch im Wochenbett lag, versengten seine tiefe Niedergeschlagenheit, die fehlende Freude über die Geburt des Sohns, sein eisernes Schweigen das Herz. Die Einzige, die sich um die Wöchnerin kümmerte und sich ihrer erbarmte, war Melano.

»Gott vergelt's dir, Kind«, sagte Elene zu ihr, »Er wird dich für deine Güte belohnen. Gesegnet sei mir Seine Allmacht, ich bin in Seiner Hand. Er hat mich geschaffen, um Schmerz und Leid zu erdulden. Und ich danke Ihm dafür! Was kann man sonst schon tun? Jedes beseelte Wesen hat sein Los zu tragen. Nur, wofür braucht Gott mein Leiden, meine Plackerei? Wem habe ich etwas zuleide getan? Habe ich je irgendwem absichtlich Böses zugefügt?« Obwohl es ihr schwer ums Herz war und sie sich ihres Lebens nie recht hatte freuen können, versuchte sie, auch diesen neuen Schlag geduldig hinzunehmen.

Kaum war der Bruder auf der Welt, bestand Platon darauf, auszuziehen und getrennt vom Vater und dessen neuer Familie zu leben.

»Junge, was tust du mir da an? Ich bin ein alter Mann. Mir bleibt nicht mehr so viel Zeit, mach mir mein Leben nicht ganz kaputt. Ich bin doch dein Vater, Junge, was auch immer geschieht! Wohin willst du denn überhaupt?«

Platon blieb stur und kaltherzig. »Ich hab genug Eigenes, um das ich mich kümmern muss. Meine Bürde reicht mir. Ich werde mich doch nicht noch für andere abschuften! Ich kümmere mich um das, was mein ist, und nehme in Besitz, was mein ist.«

»Und was soll dein alter Vater tun? Du weißt doch, dass ich nicht mehr schwer arbeiten kann? Habt ihr bei euch das Mitleid ganz verlernt?«

»Hatte mit mir etwa wer Mitleid?«, brummte Platon und wandte sich ab.

»Ich habe einen Fehler gemacht, mein Sohn, ich geb's zu. Aber kannst du mir nicht verzeihen? Menschenskind, du kannst mich deswegen doch nicht zu hassen anfangen? Ich habe das alles so nicht gewollt! Hätte ich mir denn vorstellen können, dass es so weit kommt? Der Teufel muss mich geritten haben ... Du hast doch auch nicht erwartet, dass es so kommt. Aber jetzt, was sollen wir machen, es ist Gottes Wille. Da sind wir machtlos! Verbittere du mir nur nicht meine letzten Tage, mein Sohn, vergäll sie mir nicht! Lass uns wie zuvor in Eintracht leben. Gott wird's dir lohnen, Er wird die Hand nach dir ausstrecken und dir helfen, wird dir das Leben leichter machen. Jawohl, mein Sohn, mein

Lieber! Uns voneinander zu trennen kommt nicht in Frage! Ich weiß doch, was für ein gutes Herz du hast. Ich kann nicht glauben, dass ich deine Zuneigung so plötzlich einfach verliere, nein, das glaube ich nicht.« So flehte Bekina seinen Sohn an, aber dieser schien mit seinem guten Herzen auch seine Gefühle verloren zu haben, denn er beharrte ungerührt auf seiner Entscheidung.

Das Neugeborene war Platon so sehr zuwider, dass er sich weigerte, es zu sehen, und seiner Frau nicht einmal erlaubte, von ihm zu sprechen.

Sogar die Nachbarn bemühten sich, den Bruch zwischen Vater und Sohn zu verhindern, aber Platon ließ in keiner Weise mit sich reden. Bekina konnte seinem Sohn tausendfach zusichern, dass niemand das Gut zweiteilen würde – selbst wenn er zehn Söhne hätte, es würde keine Aufteilung geben –, Platon blieb unerschütterlich. Er hatte aufgehört, an Zusicherungen zu glauben.

Einige Monate später lebten Vater und Sohn in getrennten Haushalten. Platon wählte etwas entfernt, auf früher bebautem Boden ein Stück Land, brachte das Küchenhaus dorthin, quartierte seine Familie darin ein und begann genau so ein Leben, wie Anton Bregadse es führte, den er vor einem Jahr noch von Dawits Veranda aus bemitleidet hatte.

Bekina wurden keine weiteren Kinder mehr geboren. Der Hass, den ihm sein geliebter Sohn entgegenbrachte, bekümmerte den alten Mann zutiefst, erfüllte ihn mit Trauer, und der Kummer raffte ihn schließlich fünf Jahre später dahin. Bevor er starb, rief er »seinen Platon« noch einmal zu sich und bat ihn ein letztes Mal unter Tränen, ihm »seine Dummheit und seinen Unverstand« zu verzeihen, flehte ihn an, sich doch seines »unter einem Unstern geborenen« Bruders, der ein schuldloses Kind war, zu erbarmen. Tatsächlich versprach Platon dem Sterbenden, seinen Wunsch zu erfüllen, doch Bekina merkte ihm sogleich an, dass er nicht aufrichtig war. Er spürte, dass die Brüder nie in gutem Einvernehmen miteinander stehen würden, und dieses Gefühl vergiftete dem armen Vater den Tod und folgte ihm ins Grab.

Seine Ahnung sollte sich bewahrheiten.

Auf der Veranda des Hauses von Friedensrichter N. war häufig eine ältere Frau im Sonntagsstaat anzutreffen, die manchmal eine gefaltete Bittschrift in der Hand parat hielt, manchmal aber auch einfach so, mit leeren Händen, wartete; sie hatte immer einen etwa fünfjährigen, schwarzäugigen, niedlichen Knaben dabei, im Kattunhemd ohne Gürtel, in rotem weichem Schuhwerk und mit einer Schildmütze auf dem Kopf. Bis sie zum Richter vorgelassen wurde, pflegte die Frau sich bei Bekannten und Passanten bitter über ihr Leid zu beklagen, erzählte von der Ausweglosigkeit und Not, in die sie beide, Mutter und Sohn, wegen ihres Stiefsohns Platon Samanischwili geraten waren, der ihnen weder

Zaun noch Grundstücksgrenze, noch überhaupt Grund und Boden gelassen und sie als arme Witwe gezwungen hatte, jede Woche zum Gericht zu pilgern.

Wie unschwer zu erraten ist, war dies Bekina Samanischwilis Witwe Elene und der kleine Junge sein Sohn, der natürlich noch nicht wusste, wie viel Unglück seine Geburt mit sich gebracht hatte, und deshalb lebhaft und vergnügt in die Welt um sich herum und auf das Volksgewimmel sah.

(1896)

… wäre die Geschichte selbst nicht so komisch …
Ein Nachwort

… hätte Platon jedermanns Mitgefühl hervorgerufen, sagt Dawit Kldiaschwili über den Helden seines Kurzromans *Samanischwilis Stiefmutter.* Das »Lächeln durch Tränen hindurch« charakterisiert das Schaffen dieses herausragenden Schriftstellers des ausklingenden Kritischen Realismus in Georgien. Kritiker verglichen seine Werke mit den Gesellschaftssatiren eines Dickens oder Thackeray. Anders als die georgischen Schriftsteller seiner Zeit, die sich eher dem Monumentalen, Allgemeintypischen, Heldischen, Ideellen zuwandten, schrieb Kldiaschwili über den konkreten georgischen Alltag – vielmehr den Alltag in Imeretien, seiner Heimat – mit all seinen Niederungen. Geronti Kikodse, Schriftsteller, Politiker und Zeitgenosse, nannte ihn einen »Realitätsfanatiker«. Durch das Vergrößerungsglas, das Kldiaschwili auf die kleinen Leute und die kleinlich gewordenen »großen« Leute eines ländlichen Winkels Georgiens richtet, zeigt er uns die georgische Realität des ausgehenden 19. und des beginnenden 20. Jahrhunderts, als das Land durch gesellschaftliche und politische Umbrüche erschüttert wurde. Durch sein Vergrößerungsglas sehen wir das Komische im

Existenzdrama und das Tragische in der oft grotesken Komik der Figuren.

Im Zentrum seines Werks stehen die »Herbstfürsten«. »Herbstfürsten« ist ein ureigener georgischer Begriff, der die Lebensverhältnisse verarmter georgischer Adeliger beschreibt. Ihr Reichtum beschränkte sich auf den Ernteertrag im Herbst, Fürsten waren sie nur im Herbst und darbten den Rest des Jahres. Auch heute noch wird die Bezeichnung im übertragenen, scherzhaften Sinn gebraucht. (Und auch heute noch ist höchst erstaunlich, auf wie viele Georgier man treffen kann, die fürstliche Abstammung für sich reklamieren, wenn auch – augenzwinkernd oder nostalgisch – oft nur herbstfürstliche.) An diesen Herbstfürsten, den Vertretern der abgewirtschafteten, überlebten und durch die russische Administration gedemütigten Aristokratie, übt Kldiaschwili, der selbst aus verarmtem Landadel stammte, schonungslose Kritik, entlarvt ihren Dünkel, ohne jedoch dabei die Verzweiflung und Perspektivlosigkeit dieser Menschen zu vergessen, die sozusagen aus der Zeit gefallen waren.

Auch die Samanischwilis sind arme Landadelige, im Unterschied zu manch anderen jedoch arbeitsam und mit dem Wenigen zufrieden. Dann will Bekina Samanischwili, ein rüstiger Alter, auf seine alten Tage erneut heiraten. Da sein Sohn Platon fürchtet, sein karges Erbe mit einem

Halbbruder teilen zu müssen, fasst er, um sich gegen das Risiko abzusichern, den hanebüchenen Entschluss, selbst eine Frau für seinen Vater zu finden: Eine zweifach verwitwete kinderlos gebliebene ältere Frau soll es sein. Nachdem er von seinem lebenslustigen Schwager Kirile, der ihn auf der Suche begleitet, von Gelage zu Gelage geschleppt worden ist, gerät er an den zwielichtigen Aristo. Dieser macht ihn mit einer Verwandten bekannt, die Platons Kriterien genau entspricht. Überglücklich führt er die Braut seines Vaters heim. Auch Bekina ist sehr zufrieden mit der Wahl seines Sohns. Doch dann wird Platons Stiefmutter Elene trotz allem schwanger, und das Unglück nimmt seinen Lauf.

Schon gleich zu Anfang scheint die Parallelität von Komik und Kummer auf: Man lächelt über die Idee des alten Mannes, nochmals zu heiraten, und ahnt wie Platon Verhängnisvolles: »Du wirst Kinder mit ihr haben –.« Dieser Parallelismus durchzieht den Roman von Anfang bis Ende.

Platon, dem Hauptprotagonisten, ist von den vergangenen feudalen Verhältnissen nur der Name geblieben. Sein Land bearbeitet er wie ein gewöhnlicher Bauer von Sonnenaufgang bis -untergang, trotz seines Fleißes reicht aber sein Vermögen kaum aus, seine Familie zu ernähren. Als Vertreter seiner Schicht hat er sich jedoch – genauso wie sein Vater Bekina – den Dünkel bewahrt. »Statt Erbarmen zu zeigen, zog dieser Mann es vor, seinen Dünkel zu befriedigen, und erreichte hoch zu Ross den Hofeingang seines Schwagers.« Seine Irrfahrt und seine »Scherereien« mit dem festfreudigen, streitlustigen Schwager bergen die Komik der Verzweiflung. Er bewahrt so lange Fassung und Form, bis klar wird, dass sein schlimmster Traum wahr wird; ab diesem Moment verwandelt er sich in »eine rasende Bestie, brutal, blutrünstig« – vorweggenommen in der unbarmherzigen Behandlung seines geschundenen »Rassepferdes«. Aufgrund übergroßer Existenzängste verliert er seine Menschlichkeit.

Platons Schwager Kirile Miminaschwilis ist sein charakterliches Gegenteil, der Inbegriff des Klischee-Georgiers: fest- und trinkfreudig, egal zu welcher Gelegenheit, ob Hochzeits- oder Trauerfeier, sorglos, hitzköpfig und immer bereit, einen Streit vom Zaun zu brechen. Trotzdem fällt es uns wie auch Platon schwer, ihm böse zu sein.

Dschimscher Saloberidse, der Mann von Kiriles Tante Salome, gehört zu den Adeligen, »denen durch irgendwelche Machenschaften immer noch so viel Land geblieben war, dass sie standesgemäß leben und ihre Familie ohne Mühen sattkriegen konnten«. »Machenschaften« heißt wohl, er hat sich mit der zaristischen Administration arrangiert, ist dabei ein aufgeklärter, kluger, an gesellschaftlichen Fragen interessierter Mann, der seinen Kindern eine gute Bildung verschafft, etwas, wozu die Samanischwilis, Miminoschwilis und Bregadses nicht mehr in der Lage sind.

Ganz anders arrangiert sich Aristo Kwaschawidse, »von nobler Abstammung und edler Gesinnung« nach eigener Charakterisierung, nach außen höflich bis zur Schmierigkeit, zuinnerst aber ein skrupelloser Parasit. Nach dem Verlust seines eigenen Besitzes, in komischer Anschaulichkeit geschildert von einem seiner Adelsfreunde, nistet er sich bei den Samanischwilis ein.

Noch tiefer in die Armut gesunken als Platon und Aristo sind die Bregadses, die ihr Elend durch Erbstreitigkeiten selbst verschuldet haben, das Leben einfachster Bauern führen und für die Gäste auf »Hühnerjagd« gehen müssen.

Das tragischste und jeglicher Komik entbehrende Los aber haben die Frauen in dieser Geschichte. Ob adeliger Abstammung oder nicht, sie sind ihrem Schicksal ausgeliefert; sie jedoch scheinen sich die Menschlichkeit bewahrt zu haben. Über die häufigen Kindbetten seiner tüchtigen Frau Melano kann Platon nur den Kopf schütteln; sie ist die Einzige, die Mitleid zeigt mit Elene und sie in Schutz nimmt. Dariko kann von ihrem Mann nicht viel Gutes erwarten, wie er selbst zugibt; dabei wäre Kirile ohne sie, die zum Rechten sieht, verloren. Nutschia ist zusammen mit der Bregadse-Familie in der Armut gefangen, vergisst aber, anders als ihr Mann, darob nicht die Gastfreundschaft. Und Elene, für die als kinderlos gebliebene Frau laut Kirile selbst der Herrgott nichts übrighat, gerät ausgerechnet dann ins Verderben, als sie ihre Weiblichkeit unter Beweis stellt. Hätte sie ein Mädchen geboren, hätte Platon seinen Besitz nicht so rücksichtslos verteidigen müssen. Historisch gesehen, beginnt sich die Situation der Frauen erst mit dem Kampf um die Unabhängigkeit vom Russischen Reich zu verändern. An den Unabhängigkeitsbestrebungen nehmen die georgischen Frauen aktiv teil; es gibt feministische Bewegungen und Zeitungen, und 1918, zu Anfang der kurzen Unabhängigkeit Georgiens 1918 bis 1921 als Demokratische Republik, erhalten sie das Stimmrecht und werden auch ins erste Parlament gewählt.

Am Ende des Romans steht ein kleiner Junge, »der natürlich noch nicht wusste, wie viel Unglück seine Geburt mit sich gebracht hatte, und deshalb lebhaft und vergnügt in die Welt um sich herum und auf das Volksgewimmel sah«. Das könnte als Vorausblick auf die Unabhängigkeit, die Aufbruchstimmung und die Neuerungen gedeutet werden. Nur dass diese 1921 mit dem Einmarsch der Roten Armee wieder erstickt wurden …

Der Niedergang des georgischen Adels begann mit der Annexion durch Russland 1801. Diese hatte die Aufhebung des gesamten alten Herrschaftsgefüges in Georgien zur Folge, das sich seit Königin Tamar im 13. Jahrhundert herausgebildet hatte. Das (in den Bergregionen bis ins 20. Jahrhundert bewahrte) Freibauerntum bildete die Grundlage einer Feudalordnung, die ungefähr den Lehensverhältnissen des

Heiligen Römischen Reiches entsprach. Im Gesetzeskodex von König Wachtang VI. wurden im 18. Jahrhundert die Fürsten (der Hochadel) in drei Kategorien eingeteilt: hohe *(didebulni)*, mittlere und niedere Fürsten. In Gefolgschaft zu den Fürsten stand, wiederum in drei Rängen, der einfache Landadel *(asnaurni)*, der selbst oft Landwirtschaft betrieb. Hinzu kamen die mit unterschiedlichen Rechten ausgestatteten Bauern: Freibauern als Hintersassen des Adels, Kronbauern und Kirchenbauern. Der Adel machte einen relativ bedeutenden Teil der Bevölkerung aus; zur Zeit der Annexion betrug sein Anteil etwa fünf Prozent. Die russische Verwaltung zielte darauf ab, die Herrschaftsrechte des Adels über die Bauern einzuschränken, die Bindung der Bauern an ihre Herren aufzulösen und sie nach russischem Muster zu leibeigenen Staatsbauern zu machen. Die georgischen Adligen ihrerseits mussten einen demütigenden Nachweis ihrer adeligen Herkunft erbringen. Vor diesem Hintergrund entlud sich die Unzufriedenheit in Georgien in immer neuen von Adel und Bauern getragenen Aufständen, auch im 1810 förmlich annektierten Imeretien, dem Schauplatz von Kldiaschwilis Werken. Es war das Aufbegehren einer traditionsverbundenen Gesellschaft gegen den Einbruch der Moderne in Gestalt des Russischen Imperiums und seiner Bürokratie.

In diese Zeit wurde Dawit Kldiaschwili hineingeboren, am 29. August 1862 in Simoneti in der Provinz Imeretien (Westgeorgien, im Gebiet der antiken Kolchis), damals Teil des Russischen Imperiums. Nach der Grundschule in Simoneti und Kutaissi absolvierte er in Kiew das Militärgymnasium und besuchte danach die Militärakademie in Moskau. Nach Georgien zurückgekehrt, trat er in die russische Armee ein und diente in Batumi am Schwarzen Meer. Wegen Unterstützung der revolutionären Kräfte gegen die russische Fremdherrschaft wurde er aus dem Militärdienst entlassen, 1914 aber erneut einberufen und an die russisch-türkische Front geschickt. Nach der Februarrevolution 1917 wurde er demobilisiert und kehrte krank und erschöpft in seinen Geburtsort zurück. Dort starb er am 24. April 1931.

In Kldiaschwilis Biografie gibt es eine auffallende Parallele zum Geschehen in *Samanischwilis Stiefmutter*. Samson, der Vater des Autors, wünschte wie Bekina im Alter von siebzig Jahren nochmals zu heiraten, und tat das auch. Wie Platon versuchte Dawit vergeblich, den Vater von dem Vorhaben abzubringen. Aus seinen Memoiren geht hervor, dass er seiner Mutter Kesaria Ghoghoberidse sehr zugetan war und ihn der beharrliche Wunsch seines betagten Vaters verstörte. Er brach den Kontakt zum Vater ab und ließ nicht einmal seine Kinder zu ihm. Bekina stirbt bald nach der Heirat – vor Kummer –, Samson dagegen erst im hohen Alter, mit über achtzig Jahren. Seine zweite Frau hatte ein anderes Los als Elene: Wenn man Samsons spitzzüngigen Nachbarn Glauben schenken will, war sie es, die aus Kummer starb; sie soll kaum zwei Wochen mit ihm verbracht haben. Wie hätte auch, spotteten die Nachbarn, ein Samsons Eigensinn nicht gewohnter Mensch es länger mit ihm aushalten können! Bekinas Witwe, die Platon an den Bettelstab brachte, ging vor Gericht. In Dawits Fall musste er seinen Besitz gegen den Vater einklagen: Als er 1918 zusammen mit seiner Frau ins Dorf zurückkehrte, wollte Samson sie nicht in seiner Nähe haben. Schlimmer noch: Nach der Sowjetisierung, als die Kldiaschwilis enteignet wurden, soll er in Verkennung der neuen Machtverhältnisse gegen seinen Sohn gerichtlich vorgegangen sein; dieser hätte ihm das Land weggenommen … Samson scheint Bekinas Prototyp. Nur: Kldiaschwili schrieb *Samanischwilis Stiefmutter* 1896, sein Vater jedoch heiratete erst in den 1910er Jahren wieder! Wunderlicher Zufall oder wunderliche Vorhersage der eigenen Zukunft?

Kldiaschwilis erste Werke erschienen in den 1880er Jahren, zuerst in der georgischen Presse. Sein erster größerer Roman, *Soloman Morbeladse* wurde 1894 verlegt, danach *Samanischwilis Stiefmutter* (1896), die Erzählungen »Kamuschadses Not« (1900), »Rostom Manwelidse« (1910) und »Bakulas Schweine« (1920). Seine Theaterstücke, v.a. *Irines Glück* (1897) und *Darispans Elend* (1903), haben viel gemein mit den französischen Komödien der 1840er, nur dass sie in einem imeretischen Dorf um die Jahrhundertwende spielen. Kldiaschwilis Figuren sind der Familie seines Schwiegervaters nachempfunden, ein wahres Kaleidoskop von Adeligen: Imeretiens Notabeln gingen bei ihr ein und aus – Landadelige, vermögende, ärmere, an den Bettelstab gekommene, die ganze Karawane jener Typen, die er so lebendig in seinen Werken schildert. Dabei moralisiert der Autor nie, sondern bleibt als Erzähler neutral.

In den 1920ern schrieb Kldiaschwili seine Memoiren, *Auf meinem Lebensweg* (1925). 1930 erhielt er den Titel »Volkskünstler Georgiens«. An der Feier zur Verleihung dieses Titels geschah es wahrscheinlich, dass einer der Redner zornig erklärte, der Autor hätte sich in seinem Werk mutwillig über den verarmten Adel lustig gemacht und ihn in Grund und Boden kritisiert. Als der Geehrte schließlich das letzte Wort hatte, erwiderte er erregt und fassungslos: Nein, er hätte sich keineswegs lustig gemacht, im Gegenteil, er hätte Mitleid mit Menschen, denen das Leben übel mitgespielt und sie in eine unmögliche Lage gebracht habe. »Ich habe meine Leute immer geliebt, ich habe Tränen vergossen angesichts ihres bitteren Lebens, und ich habe mit schmerzendem Herzen und voller Mitleid über sie geschrieben. Wenn es nicht so wäre, würde ich mein Werk auf der Stelle verleugnen. Mein ganzes Leben hat mich allein die Liebe zu den Menschen geleitet.«

Da er in Russland aufwuchs, beherrschte Kldiaschwili die georgische Sprache anfangs nur mangelhaft. Nach Absolvierung der Militärakademie in Kiew und Moskau kehrte er mit zwanzig Jahren nach Georgien zurück und musste seine Muttersprache neu erlernen. Seinem Werk ist das nicht anzumerken. (Wenn seine Protagonisten russische Begriffe oder Namen brauchen, so ist das Ausdruck ihres Snobismus.) Er gilt als hervorragender Stilist und schaut dem Volk aufs Maul. In Imeretien wird ein georgischer Dialekt gesprochen; außerdem sind die Imeretier bekannt für ihre Schlagfertigkeit, aber auch für ihre oft gewundene, indirekte Ausdrucksweise, ihre Überhöflichkeit und Überschwänglichkeit. Ins Deutsche sind diese Besonderheiten leider oft nur begrenzt übertragbar.

Samanischwilis Stiefmutter wurde zweimal verfilmt, 1926 von Kote Mardschanischwili und 1977 von Eldar Schengelaia, und wird als eines der Lieblingsstücke der Georgier immer wieder als Theaterstück aufgeführt. Mardschanischwili verschärfte, die Stimmung der 1920er Jahre aufnehmend, die Satire. In seiner Verfilmung ist nichts mehr vom Kldiaschwili'schen Mitleid gegenüber den Protagonisten zu spüren, sondern es geht ihm um den Klassenkampf. Eldar Schengelaias Film dagegen belebt Kldiaschwilis Empathie wieder.

In georgischen Bücherregalen verstauben Kldiaschwilis

Werke nicht; sie werden in jeder Generation von Neuem gelesen und geliebt; sie sind aktuell geblieben, auch jetzt, wo in Georgien wieder gesellschaftliche und politische Umbrüche stattfinden, Vorurteile, Aberglauben, Ignoranz und Verlogenheit Urständ feiern. Das Erstaunliche und Wunderbare an *Samanischwilis Stiefmutter* ist, dass sich heutige georgische Leser noch immer – im Positiven wie im Negativen – in den Figuren wiederfinden: Kldiaschwili ist ein lebendiges Porträt georgischer Mentalität und Seelenverfassung gelungen.

Vor westlichen Lesern und Leserinnen breitet *Samanischwilis Stiefmutter* eine fremde, wundersame und wunderliche Welt aus. All diese Figuren sind fürstlicher Abstammung, doch ihr Leben ist alles andere als fürstlich, außer ihrem Namen (und ihrem Dünkel) haben sie nichts. Der eingefleischte Wunsch nach Besitz und eine ausgesprochene Selbstgefälligkeit bringen höchst Seltsames hervor. Dawit Kldiaschwili verleiht diesem Seltsamen Ausdruck, mit typisch georgischem Humor. Aber hinter Wort und Form schlägt das Herz eines Autors, das menschlichen Schmerz nie vergisst.

Rachel Gratzfeld,
Tbilissi 2018

Anmerkungen der Übersetzerin

7 *Tschapi:* Tonkrug und Maß für Wein; ein Tschapi umfasste ca. 16 Liter.

24 *Baschlik:* kaukasische Kapuze mit langen seitlichen Enden, die gewöhnlich um den Kopf geschlungen werden.

25 *Achaluchi:* hoch geschlossenes, geknöpftes Hemd.

43 *Daredschan:* Dariko ist die Koseform dieses Vornamens.

47 *Tschocha:* georgische Männertracht, knielanger wollener Mantel, seit dem 17. Jh. im gesamten Kaukasus verbreitet. Der Schnitt des Mantels ist eng in der Taille, unterhalb der Taille dagegen weiter. Er wird meist von einem Ledergürtel mit silberner Schnalle zusammengehalten und ist seitlich geschlitzt. Unter der Tschocha wird der Achaluchi getragen. Dazu gehören Stiefelhosen (Scharwali), die in Lederstiefel gesteckt werden.

57 *Surna:* Doppelrohrblattinstrument mit trichterförmigem Schallbecher. Gehört zu den Trichteroboen, die von Nordafrika über den Orient, Zentralasien und Indien bis nach Ostasien verbreitet sind.

89 *Willst was gelten, mach dich selten!:* im Original: »Chadi dalsche, snakom budescho!« Die gängige Version der Redewendung wäre: Kenn jemand, aber geh weiter!

97 *… griff er sich, das Kinnbärtchen gereckt, mit flehender Geste an die Kehle:* eine typisch georgische Bittgeste.

105 *Oda:* typisches Holzhaus in Westgeorgien. Meist mit quadratischem Grundriss, drei bis sechs Räumen mit Holzböden und -decken. Es hat Fenster und eine

geschnitzte Holzveranda. Das Dach hat vier Schrägen.

115 *Datia:* Namensform von Dawit.

133 *Papacha:* kaukasische Kopfbedeckung aus Schaffell.

Zum Autor

Dawit Kldiaschwili, * 29. August 1862 in Simoneti (Imeretien), † 24. April 1931 in Simoneti, Erzähler und Dramatiker, Entstammte einer verarmten Kleinadeligenfamilie. Nach der Grundschule in Simoneti und Kutaissi absolvierte er in Kiew das Militärgymnasium und besuchte danach die Militärakademie in Moskau. Nach Georgien zurückgekehrt, trat er in die russische Armee ein (Georgien war damals Teil des russischen Imperiums) und diente in Batumi am Schwarzen Meer. Wegen Unterstützung der revolutionären Kräfte gegen die russische Fremdherrschaft während der Russischen Revolution 1905 wurde er aus dem Militärdienst entlassen, 1914 aber erneut einberufen und an die russisch-türkische Front geschickt. Nach der Februarrevolution 1917 wurde er demobilisiert und kehrte in seinen Geburtsort zurück.

Dawit Kldiaschwili ist einer der herausragendsten Schriftsteller des ausklingenden kritischen Realismus in Georgien. Seine Hauptarbeiten üben schonungslos Kritik an den sogenannten Herbstfürsten, den Vertretern der abgewirtschafteten, überlebten Aristokratie. Er ist ein hervorragender Stilist mit einem feinen Sinn für Humor und Gesellschaftssatire. Sein erster größerer Roman, *Soloman Morbeladse*, erschien 1894, danach *Samanischwilis Stiefmutter* (1896). Seine Theaterstücke, v.a. *Irines Glück* (1897) und *Darispans Elend* (1903), gleichen den französischen Komödien der 1840er, nur dass sie in einem imeretischen Dorf um die Jahrhundertwende spielen. Sie sind tragikomisch und durchdrungen von, wie es der Autor nennt, *Lächeln durch Tränen hindurch.* In 1920ern schrieb Kldiaschwili seine Memoiren *Auf meinem Lebensweg* (1925). 1930 erhielt er den Titel *Volkskünstler Georgiens.*

Auch der Kurzroman »Samanischwilis Stiefmutter« ist eine tragikomische Geschichte, die das Leben des verarmten Landadels in der imeretischen Provinz Ende des 19. Jahrhunderts schildert. Bekina Samanischwili, ein rüstiger Alter, will auf seine alten Tage erneut heiraten und bringt damit seinen Sohn Platon in Schwierigkeiten, der befürchtet, sein karges Erbe mit einem Halbbruder teilen zu müssen.

Das Erstaunliche und Wunderbare an diesem Roman ist, dass sich heutige georgische Leser noch immer in den Figuren wiederfinden – Kldiaschwili ist ein lebendiges Porträt georgischer Mentalität und Seelenverfassung gelungen.

Samanischwilis Stiefmutter wurde zweimal verfilmt und wird als eines der Lieblingsstücke der Georgier immer wieder im Theater aufgeführt.

Zum Buch

Bekina Samanischwili, ein rüstiger Alter, will nach dem Tod seiner Frau erneut heiraten und bringt damit seinen Sohn Platon in Schwierigkeiten, der befürchtet, sein karges Erbe mit einem Halbbruder teilen zu müssen.

Platon beschließt, für den Vater eine Frau zu finden, die ihn gegen jedes Risiko absichert: Eine zweifach verwitwete kinderlose ältere Frau soll es sein. Nachdem er von seinem lebenslustigen Schwager Kirile von Gelage zu Gelage geschleppt wird, gerät er an den zwielichtigen Aristo. Dieser macht ihn mit einer Verwandten bekannt, die den Kriterien entspricht. Überglücklich führt Platon die Braut seines Vaters heim. Doch dann wird die Stiefmutter Elene trotz allem schwanger, und das Unglück nimmt seinen Lauf.